최승호

시인. 숭실대학교 문예창작학과 교수를 지냈다. 『대설주의보』『세속도시의 즐거움』『방부제가 썩는 나라』 등의 시집을 펴냈다. 시선집 『얼음의 자서전』은 아르헨티나, 독일, 일본에, 우화집 『눈사람 자살사건』은 스페인에 번역 출간되었고, 작품 『마지막 눈사람』은 예술의 전당에서 공연되기도 했다. 오늘의 작가상, 김수영 문학상, 대산문학상, 현대문학상 등을 수상했다.

새앙노트

새앙노트

새앙노트

초판 1쇄 펴낸날   2026년 3월 23일

지은이   최승호
펴낸이   홍지연

편집   홍소연 김선아 차소영 이예은 서경민
디자인   이정화 박태연 정든해 이설
마케팅   강점원 원숙영 김신애 김가영 김동휘
경영지원   정상희 배지수
저작권   한지훈

펴낸곳   ㈜우리학교
출판등록   제313-2009-26호(2009년 1월 5일)
제조국   대한민국
주소   04029 서울시 마포구 동교로12안길 8
전화   02-6012-6094
팩스   02-6012-6092
홈페이지   www.wooroschool.co.kr
이메일   woorischool@naver.com

ⓒ최승호, 2026
ISBN 979-11-6755-363-8 03810

만든 사람들
편집   서경민
디자인   정든해

새앙노트

시작법과 문장 수업을 위한 시

최승호

우리학교

훌륭하게 선택되고 배치된 언어가
한 편의 시를 이룬다.

– 레몽 크노

(차례)

영국 BBC 교육 방송은 학생과 문학 교사들을 위해 〈듣기와 쓰기〉라는 라디오 시리즈를 기획한 적이 있다. 당시에는 아니었지만 영국 왕실이 임명하는 계관 시인을 지낸 것으로 유명한 테드 휴스는 라디오 프로그램을 위해 집필했던 원고를 모아 『시작법 Poetry in the Making』을 출간하였다.

이 책은 그 참신한 프로그램에서 영감을 얻었다. 나는 강의를 하면서 시 창작을 위한 텍스트의 필요성을 여러 차례 느끼곤 했다. 그래서 처음에는 이 책을 대학 문예 창작 수업을 위해 쓰기 시작했다. 그러나 원고를 써 나가는 과정에서 소수의 전공자를 위한 시론이나 시작법보다는 강의실 밖에서도 누구나 읽을 수 있도록 동서양의 시를 다양하게 소개하고 감상하는 데 큰 비중을 두게 되었다. 이 책은 '읽기와 쓰기'의 성격을 갖고 있다. '문장 수업을 위한 시' 자리를 마련한 것은 그런 이유에서이다.

젊은 날 시인을 꿈꾸면서 내가 마음 깊이 간직했던 시들, 그리고 지금도 기억하고 있는 예술가들의 아름다운 문장, 그것은 나에게 분실되지 않은 추억의 선물 같은 것이다. 그동안 시를 읽고 쓰는 사람으로 살아오며 했던 생각과 느낌을 솔직하게 밝히고, 과거부터 현대까지 훌륭한 선배 시인들의 빼어난 작품을 수록한 이 책이 모쪼록 시에 대한 안목을 높이고, 작품을 쓰는 데 작은 도움이 되기를 바란다.

2026년 봄
최승호

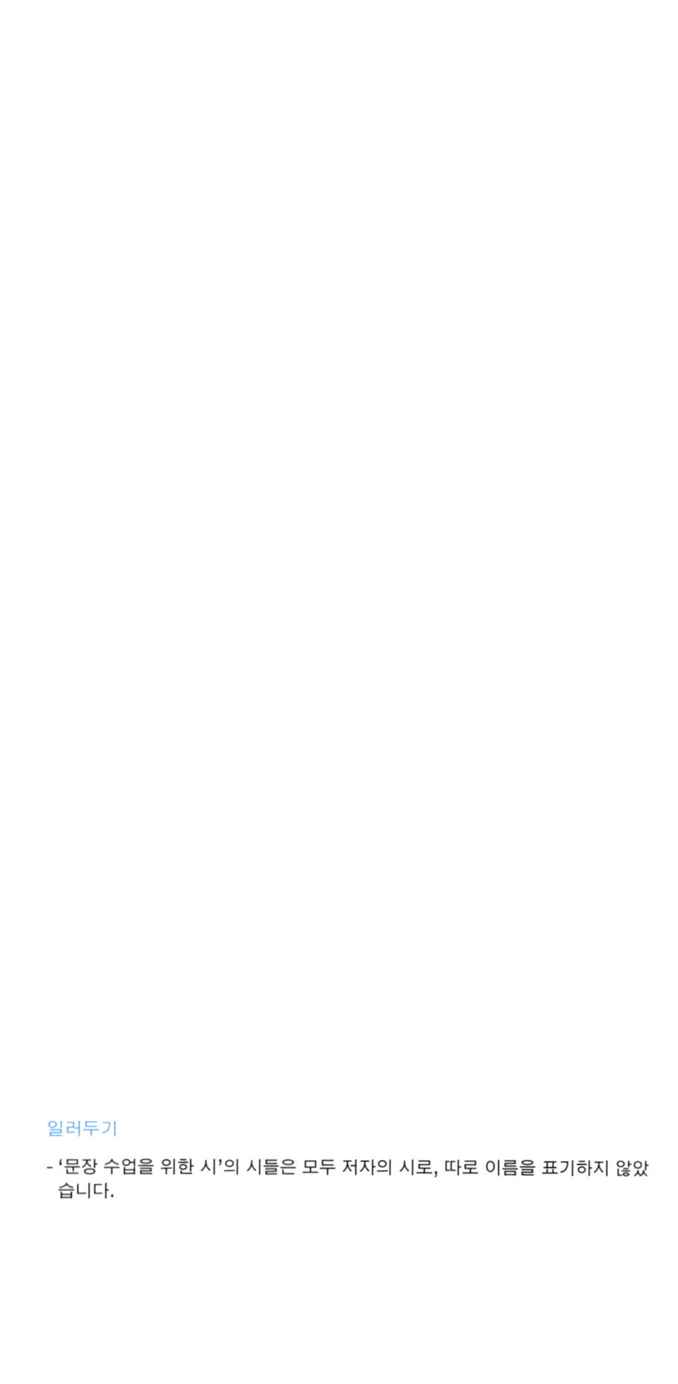

- '문장 수업을 위한 시'의 시들은 모두 저자의 시로, 따로 이름을 표기하지 않았
  습니다.

절제의 문법

시는 절제의 문법을 따른다. 팽창과 확산의 문법을 지양하고 응축과 생략의 문법을 지향하면서 말을 최소화한다. 시를 쓴다는 것은 '군더더기 말'을 떼어 내는 것이다. 말을 줄이면서 '말 없음'을 초대하는 것이다. 말들이 비는 자리에 찾아오는 고요, 시의 언어는 고요와 함께 살아 있다. 고요와 더불어 영원한 메아리를 꿈꾸면서.

체Che를 위한 비가

조안 브로사

A B   D   F

G   I J K L

M N O P Q R

S T U V W X

Y Z

새앙노트

    조안 브로사는 알파벳과 일상의 사물을 이용한 작품을 선보였던 스페인 시인이다. 그의 「체를 위한 비가」는 체 게바라의 부재를 침묵의 조각술로 보여 준 기념비적인 작품이다. 이 세상에 체 게바라가 없는 슬픔. 체 게바라는 문자가 없는 곳에서 침묵하며 숨 쉬고 있다.

한 소절

전봉건

새
랑 나비
랑 새
랑 너
랑 나비
랑 새
랑

새앙노트

전봉건의 「한 소절」은 생략의 문법으로 인해 몇 개의 낱말만 겨우 남아 있는 작품이다. 표면 장력이 아니라 '언어 장력'에 의해 '새랑 너랑 나비'는 서로를 끌어당기며 붙어 있으려는 듯하다. 시에서 형용사를 추방하자! 나는 '형용사 추방론'을 주장하고 싶다. 형용사뿐만 아니라 동사와 감탄사, 부사, 그리고 문장 부호까지 다 추방한 시를 한 번은 써 볼 필요가 있다. 물론 시에서 가장 먼저 추방해야 할 것은 설명이다.

유우流寓 1

박용래

강아지 밥 주고 나니 머리 위 반딧불 떴어라 시비柴扉 닫고 멍석머리 모깃불 놓으면 깜박 깜박 저만큼 또 반딧불 초롱.

새앙노트

유우流寓는 방랑하다 타향에 머물러 사는 것. 시비柴扉는 사립짝을 달아 만든 문. 이 시는 조사의 생략으로 빠르게 읽힌다. 시의 내용을 풀자면 이런 것이다. 개밥바라기(금성)가 뜰 무렵인 여름 초저녁에 강아지에게 밥을 주고 나서 보니까 머리 위에 반딧불이 떠 있다. 사립문을 닫고 마당 멍석머리에 모깃불을 놓는데, 좀 떨어진 곳에서 반딧불이가 어둠 속에 푸른빛 초롱들을 수놓듯이 깜박거린다. 「유우」는 머리 위로 별똥별이 휙 지나가는 듯한 작품이다. 방랑의 고단함, 타향에서 겪는 슬픔, 사립문을 닫을 때의 외로움. 그런 감정을 토로하지 않고 절제하면서 시인은, 무슨 시를 줄 것도 같은 뮤즈에게 홀린 것처럼, 깜박거리는 반딧불이에게서 눈을 떼지 못하고 있다.

 (절제의 문법)

게자리 별의 발걸음

별

별

별

별

별

별

별

새앙노트

　'별'이라는 낱말 일곱 개로 게자리를 그려 보았다. 밤하늘의 별을 가리키던 땅의 언어 '별'이 하늘의 별이 되어 빛나고 있다. 이 작품은 『쌍둥이자리 별에는 다른 시간이 흐른다』에 수록되어 있다. 그 그림시집에서 나는 문자와 단어의 배열만으로 한글의 조형적 아름다움을 보여 주고 싶었다.

새앙시

새앙토끼는 작은 토끼, 고원의 향기로운 꽃들을 입에 물고 뛰어다닌다. 새앙뿔은 작은 뿔, 송아지나 망아지 머리에 돋아나는 작은 뿔이다. '새앙쥐'라는 말이 있었다. 그 말이 버려지고 지금은 생쥐가 표준어다. '새앙시'는 짧은 시, 내가 만들어 본 말이다. '새앙노트'도 그렇다.

고요한 연못에 개구리 한 마리 뛰어드네 퐁당

마쓰오 바쇼의 위 작품은 하이쿠의 미학을 잘 보여준다. 짧은 말, 긴 여운! 개구리가 퐁당 뛰어든 연못에는 물결이 일 것이다. 일파만파. 한 물결이 또 다른 물결을 일으키면서 고요했던 연못은 수많은 물결로 붐비게 될 것이다. 오래된 고요가 깨지면서 새 우주가 탄생하는 빅뱅의 순간을 생각나게 하는 작품.

하이쿠

요사 부손

고려高麗의 배가 지나가는 봄바다의 자욱한 안개

요사 부손은 탐미적이다. 그는 시인이면서 화가이기도 했다. 고려의 배가 안개 속으로 지나간다. 고구려가 지나가고 고려가 지나가고, 세상에 지나가지 않는 것이란 없다. "예술이란 찰나의 순간을 영원으로 만드는 행위의 결과다." 자코메티의 말이다. 고려의 배 한 척이 영원의 바다를 노 저으면서 가고 있는 듯하다.

대성당이

존 애시베리

곧 붕괴될 예정이다

존 애시베리의 「대성당이」는 형식이 특이한 작품이다. 제목과 본문이 한 덩어리가 될 때 한 편의 시로 완성된다. 마치 한쪽 눈과 한쪽 날개밖에 없는 비익조比翼鳥는 둘이 만나야 비로소 한 마리 새가 되는 것처럼. 이 작품은 수직의 붕괴, 권위의 붕괴, 성스러움의 붕괴를 예고하고 있다.

전집全集

놀라워라, 조개는 오직 조개껍질만을 남겼다.

새앙노트

아주 작은 모래알도 자세히 보면 똑같이 생긴 것은 없다고 한다. 모래알들도 다 다른 얼굴을 갖고 있는 것이다. 조물주는 매너리즘을 싫어하는 걸까. 무늬가 다 다른 조개껍질들. 동해안 모래톱에서 내가 만난 조개껍질은 텅 빈 책 같았다. 저자도 없고 아무 내용도 없이 아름다운 표지만 있는 조그만 책. '조개껍질은 조개가 남긴 단 한 권의 책이다. 그게 그의 전집이다.' 그런 생각에 이 시를 썼다.

버려진 전화기

모든 말들과 단절된
절벽사원처럼

새앙노트

　이 시는 인도양의 어느 섬에서 본 '절벽사원'을 떠올리며 쓴 것이다.
해안 절벽 높은 곳에 세워진 그 힌두 사원 앞마당에 쭈그리고 앉아 있
던 원숭이들이 생각난다. 절벽 밑에서 출렁거리던 시퍼런 바다, 육중한
쇠사슬로 감겨 있던 사원의 입구. 이 시는 '절벽사원'이라는 이름의 매
력 때문에 쓰인 것이다. 불립문자不立文字 위로 선禪이 솟아오르듯이, 언
어의 길이 끊어진 자리에 '절벽사원'이 우뚝 솟아 있다.

불투명의 신비

○

끊임없는 암시의 샘이 되는 것,
그것이 예술적인 작품의 진정한 특권이다.
- 샤를 보들레르

프랑스 시인 장 콕토는 장르를 자유롭게 넘나들며 글을 썼다. 그는 자기 작품을 명명할 때, "시, 소설의 시, 평론의 시, 각본의 시"라는 말을 사용했다. 시인이 쓴 글은 모두 '시'인 것이다.

시인은 불투명의 신비로 독자를 유혹한다. 단순히 하나의 의미로 귀결되지 않을 때 시는 애매하고 암시적인 것이 된다. 애매성은 시적 언어의 특성이고 함축은 시의 본질이다. 함축성으로 인해 시는 불확정적이면서 다채로운 해석의 문을 열어 놓게 된다.

섬

정현종

사람들 사이에 섬이 있다.
그 섬에 가고 싶다.

새앙노트

    정현종의 「섬」은 애매성의 바다로 둘러싸여 있다. 섬은 혼자 있고 싶은 충만의 공간일까. 아니면 불화하던 사람들이 만나는 화해의 장소일까. 그도 아니면 욕망의 피안에 있는 그 무엇일까. 섬은 불투명의 신비로 둘러싸여 있을 뿐, 섬이 구체적으로 무엇을 의미하는지 시인은 말하지 않는다. 그러나 이 섬은 눈 밝은 독자를 만나면 태양광이 통과하는 프리즘처럼 분광分光을 시작하며 다채로운 의미의 스펙트럼을 내뿜을 것이다.

 (불투명의 신비)

바다

앙리 미쇼

내가 알고 있는 것, 나만의 비밀, 그것은 끝없이 펼쳐진 바다다.

스물한 살 때 나는 도시의 생활로부터 도망치고 싶어 뱃사람이 되었다. 선원이 된 뒤에 나는 놀랐다. 바다를 바라보는 게 뱃사람이라고 생각했는데 배에서 노동을 해야 했던 것이다.

드디어 기다리던 휴가가 시작되고 배는 항구에 닻을 내리고 있었다. 나는 아무말 없이 바다와 이별하듯 바다를 등지고 출발하였다. 하지만 이미 내 안에 바다를 갖고 있었다.

어떤 바다냐고? 그것이 무엇이냐 하면 말하려고 해도 확실하게 말할 수가 없다네.

새앙노트

앙리 미쇼가 가슴 속에 품고 있는 바다는 무엇일까? 생명의 원천? 출렁이는 무한? 바닥을 알 수 없는 허무? 아니면 영원히 밝혀지지 않는 창조의 신비? 가슴 속의 바다가 무엇인지 시인은 끝까지 밝히지 않는다.

선술집

돈 버는 일도 선禪이어서
아무리 돈을 벌어도 번 돈이 없다
본래 영원한 가난이여
무일푼인 노을과 저녁 어스름이 찾아와도
나는 아무것도 줄 것이 없어
그 아름다운 빈털터리들의 장엄 앞에서
술을 마시느니
괴로움의 증류여,
나의 선술집인 수평선이여,
뭉게구름 같은 술꾼을
너무 나무라지는 마시라

새앙노트

생텍쥐페리의 『어린 왕자』에는 재미있는 술꾼이 등장한다. 그는 술 마시는 게 부끄럽다. 부끄러움을 잊으려면 술을 마셔야 한다. 그래서 그는 늘 취해 있다. 「선술집」은 함축성이 풍부한 시가 아니다. 술 이야기를 하고 싶어서 오래도록 내 망각의 항아리 속에 파묻혀 있던 작품 하나를 꺼내 보았다. 여름에 낮술을 마시면 풍경이 발효하는 것 같다. 늘 그런 것은 아니지만 풍경이 부글거리면서 부풀어 오르는 느낌이 들 때가 있다. 『인간 실격』을 쓴 다자이 오사무는 '석양주'를 즐겼다고 한다. 이백은 밤술을 즐겼던 것 같다. 달밤에 혼자 외롭게 술을 마시다 그림자랑 같이 춤을 추는 시가 있다. 그는 술에 취해 물에 비친 달을 건지겠다고 뛰어들었다가 익사했다고 전해진다. 어떤 술을 마시다가 그랬을까? 나는 증류된 술을 좋아하는 편이다. 하지만 막걸리를 마실 때도 있다. 막걸리를 마실 때 우리는 어떤 불투명의 심연을 들이키고 있는 것일까.

여백

왜 그런 제목을 붙였는지, 나는 『여백』이라는 시집을 낸 적이 있다. 페이지마다 텅 비어 있는 책, 글자 없이 희디흰 종이만 펼쳐지는 책, 점 하나 없는 무의 책, 줄 하나 없는 공空의 책. 『여백』은 그런 시집이 아니다. 언어들이 도처에서 나타난다.

그 시집에 「텅 빈 거울」이라는 여백에 대한 단상이 있다. 그것을 인용해 본다.

"여백은 테두리 없는 텅 빈 거울과 같다. 먼지 한 점이 와도 그를 비추고 쌍둥이 눈사람이 와도 그를 비춘다. 해와 달을 비추고 암흑성운을 비추며 허공의 가장자리 별들을 다 비춘다 해도 오히려 넉넉하게 비어 있는 것, 그것이 여백이다. 그러나 어둠이 오면 어두워지고 밝음이 오면 밝아지는 여백을 평면이라고 할 수는 없다. 텅 빈 거울과 같다는 말은 거울처럼 깨어진다."

메시지

자크 프레베르

누군가가 열어 둔 문
누군가가 닫은 문
누군가가 앉았던 의자
누군가가 쓰다듬었던 고양이
누군가가 한 입 베어 문 과일
누군가가 읽었던 편지
누군가가 뒤엎은 의자
누군가가 열어 둔 문
누군가가 여전히 달리고 있는 길
누군가가 건너가고 있는 숲
누군가가 뛰어든 강
누군가가 죽은 병원.

새앙노트

자크 프레베르의 이 작품은 '필름으로 놓은 징검다리'처럼, 행을 건너갈 때마다 영화에서 몽타주를 이루는 장면 같은 순간이 차례로 펼쳐진다. 편지를 읽은 다음 누군가가 강물에 몸을 던지는 슬픈 이야기. 그 편지의 내용은 무엇이었을까?

(여백)

절망

김수영

풍경이 풍경을 반성하지 않는 것처럼
곰팡이 곰팡을 반성하지 않는 것처럼
여름이 여름을 반성하지 않는 것처럼
속도가 속도를 반성하지 않는 것처럼
졸렬과 수치가 그들 자신을 반성하지 않는 것처럼
바람은 딴 데에서 오고
구원은 예기치 않은 순간에 오고
절망은 끝까지 자신을 반성하지 않는다

새앙노트

　「절망」은 여백을 논하기에 적절한 작품은 아니다. 왜냐하면 이 시의 여백이 말 밖에, 8행의 시 밖에 있다고 보기 어렵기 때문이다. 그렇다면 이 시의 여백은 어디에 있는 것일까. 「절망」은 시 내부에서 여백을 찾아야 하는 작품 같다. 그 여백의 입구가 어디인지 나는 알지 못한다. 어쩌면 그 입구를 찾아 안으로 들어간다 해도 그곳은 미궁이 아닐까.

여행 가방

자궁에서 나올 때부터 눈썹이 유난히 희었다는 노자老子는 여백
에서 왔다가 여백으로 돌아간 여백의 백성이다. 그는 긴 여행 중에
가방 하나를 분실했는데 그것이 바로 후세에 전해진 『도덕경』이다.

새앙노트

이 시를 쓸 무렵 나는 답답한 시의 형식에서 벗어나고 싶었던 것 같
다. 『여백』은 시, 시론, 단상, 우화, 소설로 구성되어 있다. 잘 짜이고 잘
분류된 것이 아니라 무질서하게 뒤섞여 있다. 시집이라기보다는 작품
집이라고 불러야 할 것 같다. 그 책의 글들을 장 콕토식으로 말하자면
시, 시론의 시, 단상의 시, 우화시, 소설의 시라고 부를 수도 있을 것이
다. 『도덕경』에는 이런 말이 있다. "정해진 것은 없다." 노자의 그 말이
나에게는 이렇게 들린다. 노자에 얽매이지 마라. 그 무엇에도 얽매이지
마라. 얽매이지 말라는 말에도 얽매이지 마라.

느낌의 예술

언어로, 소리로, 색채로 느낌을 서로 주고받을 수 있고 그 느낌이 전달되면서 표현의 공명共鳴이 일어난다는 것은 예술이 지닌 하나의 놀라움이다.

테드 휴스는 살아 있는 언어는 들을 수 있고, 볼 수 있고, 맡을 수 있고, 맛볼 수 있고, 만질 수 있다고 생각했다.

T. S. 엘리엇은 "시에 대한 정의의 역사는 오류의 역사다."라고 말했다. 그렇다. 시의 정의도 변하고 시론도 변하고 시의 형식과 내용도 변한다. 그럼에도 불구하고 음악이나 회화와 마찬가지로 시가 '느낌의 예술'이라는 생각은 변하지 않는 것 같다.

꽃나무

이상

벌판한복판에 꽃나무하나가있소. 근처에는 꽃나무가 하나도없소 꽃나무는제가생각하는꽃나무를 열심으로생각하는것처럼 열심으로꽃을피워가지고섰소. 꽃나무는제가생각하는꽃나무에게갈수없소 나는막달아났소 한꽃나무를위하여 그러는것처럼 나는참그런이상스러운흉내를 내었소.

새앙노트

이상은 참 이상스럽게 시를 쓰는 시인이다. 띄어쓰기를 무시하고 독자들을 무시하면서 이상한 '미로 상자' 같은 작품들을 만들어 낸다. 「꽃나무」는 미로의 문법으로 우리를 한 그루 외딴 꽃나무 앞으로 데려간다. 열심히, 있는 힘을 다해 꽃을 피우고 서 있는 꽃나무. 거기에는 반쯤 피다 만 꽃이나, 찢어지거나 잎이 떨어진 꽃은 한 송이도 없다. 꽃나무가 열심히 피운 꽃들은 모두 만발했다. 있는 힘을 다해 꽃을 피워 낸 꽃나무 앞에서 나는 문득 부끄러움을 느낀다. 나는 내 인생을 꽃피우지 않았다. 그동안 나는 내 인생이 아닌 대체 무엇을, 누구의 인생을 꽃피우고 있었단 말인가. 나는 꽃나무를 볼 면목이 없다. 부끄러운 나는 얼굴을 가리고 막 달아난다. 이렇게 내 맘대로 「꽃나무」를 읽어도 되는 것일까.

백화白樺

백석

산골집은 대들보도 기둥도 문살도 자작나무다
밤이면 캥캥 여우가 우는 산도 자작나무다
그 맛있는 모밀국수를 삶는 장작도 자작나무다
그리고 감로甘露같이 단샘이 솟는 박우물도 자작나무다
산 너머는 평안도 땅도 뵈인다는 이 산골은 온통 자작나무다

새앙노트

　백화는 자작나무다. 백석이 이 시의 제목을 자작나무라고 하지 않은 이유는 무엇일까? 자작나무는 껍질이 흰색이라 신령스러운 분위기를 풍긴다. 하늘과 땅을 잇는 영혼의 통로, 즉 '하늘 백성'과 '땅 백성'이 드나드는 하얀 터널의 이미지를 지녔다. 제목을 백화로 선택한 것은 흰빛을 사랑하는 그의 취향 때문이 아니었을까. 어쩌면 자작나무 숲 위에 싸락눈처럼 흰빛을 뿌려 놓고 싶어서 제목을 백화라고 한 것인지도 모른다.

　이 작품은 주관성과 객관성이 뒤섞여 묘사하면서 진술하는 것 같고 진술하면서 묘사하는 것 같다. 1행은 만져 보면서 말하기, 2행은 들려주면서 말하기, 3행은 냄새 맡으면서 말하기, 4행은 맛보면서 말하기, 5행은 보여 주면서 말하기. 오감의 이미지를 비빔밥처럼 맛볼 수 있는 작품.

가슴의 서랍들

가슴이 있다는 것은 고통스럽다. 공허와 비애와 우울과 불안, 고독과 절망감과 그리움, 그 모든 것이 하나의 가슴에 들어 있지 않은가. 가슴이 있다는 것은 고통스럽다. 그렇다고 가슴의 서랍들을 다 빼버리고 텅 빈 가슴으로 살아갈 수도 없는 일. 벽돌은 가슴이 없다. 구름도 가슴이 없다. 가슴이 있다는 것은 고통스럽다.

새앙노트

느낌이라는 것은 얼마나 신비로운 선물인가. 느낌을 줄 수 있고 느낌을 받을 수 있고 느낌을 전달할 수 있다는 것은 하나의 놀라움이다. 가슴의 서랍들 속에 시의 주제가 들어 있다. 기쁨의 서랍, 슬픔의 서랍, 공포의 서랍, 불안의 서랍, 절망의 서랍, 고독의 서랍, 허무의 서랍. 그 중에 늘 비어 있는 것은 기쁨의 서랍이다. 기쁨은 금세 휘발한다. 그래서 기쁨을 다룬 시를 보기 어려운 것이 아닐까.

 (느낌의 예술)

가을날 은행나무

아! 저렇게 노랄 수가. 한 남자의 감탄 속에, 풍성한 느낌표처럼, 노란 은행나무가 서 있다. 잎이 저렇게 노랄 수가 있는 것인가. 염색공장의 노련한 직공도 저런 노란색을 만들어내려면, 은행나무를 오래 연구해야 한다. 그러면 신비스러운 황색을 만들 수 있을 것이다. 그 남자는 땅에 떨어진 은행잎을 하나 들어본다. 은행잎은 은행나무를 닮았다. 은행나무는 은행잎을 닮았고. 은행나무를 축소하면 한 잎 은행잎이고, 은행잎을 확대하면 한 그루 풍성한 은행나무다. 다 그렇지는 않겠지만, 이 은행나무와 은행잎은 그렇다. 은행나무가 노랗든 빨갛든 그래서 뭘 어쩌겠다는 겁니까? 그렇게 물어오는 장님이 있다면 그 남자는 아무런 할 말이 없다. 심미안을 거대한 눈곱이 시루떡처럼 가리고 있는데, 무슨 할 말이 있겠는가. 그런 장님들에겐 은행잎도 요즘엔 혈액순환제 약재로 돈이 된다고 말해 줘야 눈이 은행알처럼 번쩍 뜨일 것이다. 뭘 팔아야겠다는 생각도 없이, 이 지구 위에 1억 년도 넘게 은행나무로 대물림을 하며 살아온 은행나무 앞에, 한 남자가 느낌표처럼 모자를 벗고 서서, 오래도록 은행나무를 바라본다.

새앙노트

템플 스테이. 산사에 머무는 외국인들에게 한국의 가을 하늘은 어떤 느낌을 줄까. 이 작품은 비슬산 옥천사에 잠시 머물던 가을에, 단풍 든 은행나무를 보고 쓴 것이다. 절은 조용할 거라고 생각하며 옥천사에 갔는데 그렇지가 않았다. 단풍철의 절은 관광객으로 북적거린다. 절보다는 오히려 남도 들길이 훨씬 조용했다. 들길에서 들길로 이어지는 들길을 발길 따라 마냥 걸었다. 그리고 날이 저물어서 다시 절로 돌아왔을 때, 이상한 고요 속에 노란 은행나무들이 서 있었다.

언어 생명체

시는
우리 생명의 바깥에 존재하는
새로운 종류의 생명체다.
- 테드 휴스

물곰, 또는 이끼새끼돼지라고 불리는 완보 동물이 있다. 먼지처럼 작은 이 미세 동물의 생명력은 놀랍다. 영하 272도와 섭씨 150도는 물론 방사선과 진공 상태에서도 끄떡없이 살아남는 이 생명체는 얼어붙은 이끼에서 미라처럼 30년 동안 잠을 자다가 온도와 습도가 변하자 얼른 깨어나 알을 낳았다고 한다.

모든 생명체는 '지금 여기'를 산다. 그런데 시라는 '언어 생명체'는 '지금 여기'라는 시간과 공간을 초월해서 산다. 그래서 '인생은 짧고 예술은 길다'라는 말이 있는 것일까.

에즈라 파운드는 시를 회화시, 음악시, 의미시로 나눈 바 있다. 그러나 한 편의 시는 이미지라는 살, 리듬이라는 피, 의미라는 뼈로 이루어진 하나의 언어 생명체라고 봐야 한다.

개구리

한하운

가갸 거겨
고교 구규
그기 가

라랴 러려
로료 루류
르리 라

　조선어 말살 정책이 있었던 일제 강점기에 한글로 시를 쓴 시인들의 작품은 모국어 소멸에 대한 저항의 여운 속에서 읽힌다. 표현의 자유가 없었던 그 시절이 지나간 뒤에도 한하운의 「개구리」는 우리말 한글을 지키겠다는 듯이, 한글을 열심히 배우겠다는 듯이, 가갸 거겨 소리를 내며 우렁차게 울고 있다.

생각_여우

테드 휴스

나는 상상해 본다, 지금 이 깊은 밤의 숲을.
무언가 살아 있다
시계의 고독 곁에, 그리고
내 손가락들이 꼬물거리는 텅 빈 종이 곁에.

별 하나 보이시 않는 어두운 창밖을 바라본다.
무언가 다가오고 있다, 조금씩 점점 가까이
어둠 속에서 고독 속으로.

서늘하게, 어둠 속에 흩날리는 눈발처럼 차갑게
여우의 코가 스쳐 간다, 잎사귀를, 나뭇가지를.
두 개의 눈동자가 하나로 움직이는 덩어리 앞에 살아
있다.
지금, 지금, 지금 여우는
나무들 사이에 발자국들을 찍는다. 그리고 조심스럽게
숲속의 공터를 가로지르며 절뚝이던 그림자가
그루터기 곁에서 잠시 머뭇거린다.

여우의 눈동자, 푸르스름하게 깊어지면서
넓어지는 초록빛이 번뜩인다.
무언가에 집중하는 육체, 여우는 볼 일을 본다.

문득 코를 찌르는 악취, 갑자기 여우가
내 두개골의 굴속으로 들어선다.
창밖은 여전히 어둡다. 별이 없다. 시계가 째깍거린다.
마침내 백지가 채워졌다.

테드 휴스의 이 여우는 포유류가 아니다. 겨울이면 희디흰 털빛으로 윤나는 북극여우나 이글거리는 모래 열기 속에서 큰 귀를 쫑긋거리는 사막여우와 달리 이 여우는 언어라는 질료로 빚어졌다. 이미지라는 살과 리듬이라는 피, 의미라는 뼈로 빚어진 '언어 생명체'. 독자의 안목에 따라 다른 해석의 광채를 내뿜기도 하는 프리즘 같은 여우. 「생각_여우」는 테드 휴스가 처음으로 쓴 작품이다. 그는 어린 날 사냥꾼이었던 형을 사냥개처럼 따라다녔다. 그래서일까. 그의 시에는 피와 살과 뼈로 덩어리진 온갖 동물들이 등장해 끔찍한 공포와 연민의 세계를 펼쳐 보인다.

얼음의 책

저자 이름은 있어도 저자의 육체 없는 시집을 읽는다. 거기서가 아니라 어느 날 저자는 시간의 구멍에 흡수되듯 사라진다. 그러고는 다시 나타나지 않는다.

지상에는 여전히 그의 이름 붙은 책이 펄럭이고, 누군가 얼음의 책을 읽으며 그의 눈매 그의 미소 그의 길고 가느다란 손가락들을 기억한다.

사라짐

사라짐으로 저자는 영원히 글 쓰는 자가 된다. 사라지지 않는 문자에 육체를 절여 넣고, 그는 낡은 외투처럼 사라지는 것이다.

문자에 스민 그의 피, 그의 숨결, 그의 고통, 때로 얼음의 책 속에서 웃음소리가 들려온다. 그는 아직 얼음 속에 살아 있는 것이다.

     (언어 생명체)

　문자에 육체를 절여 넣고 영원히 존재한다? 문자도 영원하지 않
다. 얼음의 책은 문자들과 함께 녹아버린다.

새앙노트

　하루는 칠레에서 편지가 왔다. 국·공립 학교 7학년 학생들의 문학
교과서에 나의 시 한 편을 싣고 싶다는 피에라솔 출판사 편집자의 편지
였다. 아르헨티나에서 스페인어로 번역 출간된 시집 『얼음의 자서전』
에 실려 있는 「얼음의 책」은 그로테스크한 분위기에 내용도 이해하기
쉽지 않은 작품이다. 편지를 읽고 나는 잠시 깊은 생각에 잠겼다. ‘칠레
의 문학 수업 수준은 이렇게 높은가?’

　「얼음의 책」에 등장하는 저자는 나비를 꿈꾸지 않는다. 그냥 얼음
속 유령이 되어 유령의 천국에서 영원히 살려고 한다. 얼음은 언젠가는
녹아 버린다. 그때 저자는 어디에 있는 것일까?

언어 요리사

비빔밥의 본질은 그것이 콩나물도 숙주나물도
표고도 시금치도 아니라는 데 있다.
- 백남준

눈에 보이는 우주는 우리가 상상력으로 변형시킨 뒤
소화해야 하는 일종의 음식이다.
- 샤를 보들레르

비빔밥을 먹는 것은 비빔밥의 의미를 먹는 것이 아니라 비빔밥의 맛을 먹는 것이다. 요리사는 비빔밥의 의미를 만드는 사람이 아니라 맛을 만드는 사람이다. 요리를 썩 잘하는 사람을 우리는 요리사라고 부른다. 시인은 언어의 요리사다. 오래된 국어사전에는 시인이 이렇게 풀이되어 있다.

시인 : 시를 썩 잘 쓰는 사람.

시인은 시를 쓰는 사람도 아니고 시를 잘 쓰는 사람도 아니다. 시를 썩 잘 쓰는 사람이 시인이다. 언어를 썩 잘 요리하는 요리사가 바로 시인인 것이다.

'언어 요리사'인 시인이 예술가로서 자신의 이름을 남기고 싶은 것은 예술가가 창조자이기 때문이다. 멋과 맛의 누리를 창조하는 조물주의 자리에 자기의 이름을 올려놓고 싶기 때문이다. 그러기 위해서 시인은 멋있고 맛있는 작품을 내놓아야 한다. 시인이라는 직업은 그렇다. 흔해 빠진 음식을 내놓는 흔해 빠진 요리사가 아니라 일급 요리사로서 세상에 없었던 음식을 만들어 내놓아야 한다. 흉내도 표절도 아닌, 처음으로 맛보는 훌륭한 음식을. 하지만 맛에 대한 감각이 없으면 그 음식이 훌륭한 것인지 아닌지 알 수가 없다. 미맹은 요리사도 미식가도 될 수 없다. 뛰어난 미식가가 빼어난 음식과 훌륭한 요리사를 알아보는 것처럼, 안목과 감각이 있는 독자가 빼어난 작품을 알아볼 수 있는 것이다.

백석

거리에서는 모밀내가 났다
부처를 위하는 정갈한 노친네의 내음새 같은 모밀내가
났다

어쩐지 향산香山 부처님이 가까웁다는 거린데
국숫집에서는 농짝 같은 도야지를 잡아걸고 국수에 치
는 도야지고기는 돗바늘 같은 털이 드문드문 백였다

나는 이 털도 안 뽑은 도야지고기를 물꾸러미 바라보며
또 털도 안 뽑는 고기를 시꺼먼 맨모밀국수에 얹어서
한입에 꿀꺽 삼키는 사람들을 바라보며
나는 문득 가슴에 뜨끈한 것을 느끼며
소수림왕小獸林王을 생각한다 광개토대왕廣開土大王을 생
각한다

백석은 우리 토속 음식과 그 재료, 요리 과정에 특별한 관심을 가졌을 뿐만 아니라 토박이말에 깊은 애정을 가졌던 시인이다. 그는 맛깔스러운 우리말을 찾아내는 '언어 채집가'였다. 그리고 그 언어들을 재료로 음미할 만한 시를 만들어 내는 탁월한 '언어 요리사'였다.

북신은 평안북도 영변군 북신현면을 줄인 지명이다. 묘향산 가까운 국숫집에서 시커먼 메밀국수에 털도 안 뽑은 돼지고기를 얹어 먹던 사람들은 누구였을까. 나라를 빼앗겼던 시절에 소수림왕, 광개토대왕을 생각하며 백석은 우리 토속 음식을 맛깔스러운 언어로 요리해 독자들 앞에 내놓는다. 독자는 지금 한 미식가로서 언어 요리사 백석이 내놓은 '언어 음식'을 음미하고 있는 것이다.

요리사 엇후

얼굴이 네모꼴인 엇후
손에 칼의 흉터가 있는 엇후
이름이 엇후인 엇후
물을 엄청나게 부어 끓인 라면을
먹으라고 나누어주던 엇후
흰 모자를 쓴 엇후
아닌 건 아니라고
두 팔로 X자를 긋는 잇후
엇후는 어제 저녁 사라졌다
무슨 일이 있었는지
사막 한가운데 버려져 있었던 것이다
아무도 오지 않는 사막에서
엇후는 뭘 하고 있었을까
아마 아무것도 하지 않고 우두커니 서 있거나
초조하게 앉아 있었을 것이다
다행히 죽지 않고 나타난 엇후
엇후는 지금 요리중이다
칼로 총각김치를 자르고 있다
문제는 도마인데
하필이면 내 가방을 도마로 삼아
김치를 올려놓고 자르고 있다

가방이 칼에 요리될 수도 있다
국물에 가방 속 옷들이 붉어질 수도 있다
그 위험을 아는지 모르는지
엇후는 자르고 또 자른다
아무말도 못하고
나는 요리사 엇후를 그저 바라보고 있다

새앙노트

엇후는 몽골 청년이다. 고비 사막 다큐멘터리를 찍을 때 밥차를 타고 우리 뒤를 열흘 내내 따라다녔다. 그는 특이한 솜씨로 라면을 끓였다. 물을 잔뜩 부은 대야에 라면은 턱없이 부족하게 넣었다. 맹물 같은 국물과 잔뜩 불어 터진 면발. 세상에 인스턴트 라면 같은 시는 없다. 재료 선택과 긴 조리 과정이 필요 없는 시, 어쩌면 AI라면 그런 시를 쓸 수 있을지도 모르겠다. 하지만 표현의 열정이 있는 시인이라면 엇후가 라면 끓이듯 시를 쓰지는 않을 것이다.

언어의 팔레트

음표가 작곡가에 의해 선택되고 물감이 화가에 의해 선택되듯이, 언어는 시인에 의해 선택된다. 오선지에 오르기 전의 음표처럼, 캔버스에 발리기 전의 물감처럼, 백지에 옮겨지기 전의 언어들이 펼쳐져 있는 것이 언어의 팔레트다.

문장은 기억나는데 작가가 생각나지 않을 때가 있다. 기억 속에서 변형된 문장인지도 모르겠으나 이런 문장이 있었다. '태양의 황금지팡이가 그 늙은 애벌레를 건드렸을 때 꿈틀거리던 대지의 존재는 천상의 존재로 변했다.' 애벌레가 나비가 됐다는 말을 이렇게 멋지게 바꿀 수 있는 언어의 연금술사가 있다면 우리는 그를 문장가라고 불러야 하리라.

별 헤는 밤

윤동주

계절이 지나가는 하늘에는
가을로 가득 차 있습니다.

나는 아무 걱정도 없이
가을 속의 별들을 다 헤일 듯합니다.

가슴속에 하나 둘 새겨지는 별을
이제 다 못 헤는 것은
쉬이 아침이 오는 까닭이요,
내일 밤이 남은 까닭이요,
아직 나의 청춘이 다하지 않은 까닭입니다.

별 하나에 추억과
별 하나에 사랑과
별 하나에 쓸쓸함과
별 하나에 동경과
별 하나에 시와
별 하나에 어머니, 어머니,

　어머님, 나는 별 하나에 아름다운 말 한마디씩 불러봅니다. 소학교 때 책상을 같이 했던 아이들의 이름과, 패佩, 경鏡, 옥玉 이런 이국 소녀들의 이름과 벌써 애기 어머니 된 계집애들의 이름과, 가난한 이웃 사람들의 이름과, 비둘기, 강아지, 토끼, 노새, 노루, 프랑시스 잠, 라이너 마리아 릴케, 이런 시인의 이름을 불러봅니다.

　이네들은 너무나 멀리 있습니다.
　별이 아슬히 멀 듯이.

　어머님,
　그리고 당신은 멀리 북간도에 계십니다.

　나는 무엇인지 그리워
　이 많은 별빛이 내린 언덕 위에
　내 이름자를 써 보고,
　흙으로 덮어버리었습니다.

　　　　　〈 언어의 팔레트 〉

딴은 밤을 새워 우는 벌레는
부끄러운 이름을 슬퍼하는 까닭입니다.

　「별 헤는 밤」은 언어의 팔레트를 들여다보는 시인의 모습이 잘 드러나 있는 작품이다. 시인이 살아온 길에서 만났던 어린 날 친구들의 이름과 사랑한 동물들의 이름, 어머니라는 말, 가난한 이웃 사람들의 이름, 흠모했던 시인들의 이름, 그 이름들을 그는 밤에 별을 헤듯이 하나씩 불러 본다. 그 이름들은 윤동주의 어두운 밤에 빛나는 별이었던 이름들이면서, 지금도 우리의 눈앞에서, 그 누구의 것도 아닌 추억의 별들처럼 반짝거리고 있는 이름들이다.

나도꼬마하루살이

도솔천의 하루는
이곳 시간으로 400년쯤 된다고 한다.
그렇다면 도솔천 하루살이는
신선 팽조彭祖처럼 장수하는 것 아닌가.
장자莊子는 이렇게 말한다— 팽조는 요절했다.

나는 하루 또 하루를 산다.
하루들의 총체가 내 인생이다.
어쩌면 죽음이란
눈앞에서 하루가 사라지는 것.

하루살이 학자들은 하루살이를 연구하며
무슨 생각을 할까.
한국의 하루살이들은
한국에서의 하루를 어떻게 생각할까, 생각이나 할까.

한국의 하루살이들 이름은 참 아름답다.
나는 그 이름들을 하나하나 적어본다.

나도꼬마하루살이 동양하루살이 봄총각하루살이 봄처녀하루살
이 깨알하루살이 콩알하루살이 길쭉하루살이 개똥하루살이 표범하
루살이 애호랑하루살이 금빛하루살이 감초하루살이 방울하루살이
수리하루살이 두날개하루살이 입술하루살이 흰줄깜장하루살이 강
하루살이 작은강하루살이 피라미하루살이 멧피라미하루살이 가람
하루살이 한라하루살이 백두하루살이 갈고리하루살이 작은갈고리

하루살이 등딱지하루살이 세뿔등딱지하루살이 민하루살이 먹하루살이 뿔하루살이 알통하루살이 쌍혹하루살이 얼룩뿔하루살이 삼지창하루살이 긴꼬리하루살이 알락하루살이 다람쥐하루살이 칠성하루살이 흰등하루살이 쇠꼬리하루살이 범꼬리하루살이 굴뚝하루살이 깃동하루살이 등줄하루살이 사할린하루살이 무늬하루살이 가는무늬하루살이 맵시하루살이 몽땅하루살이 참납작하루살이 꼬리치레하루살이 두점하루살이 네점하루살이 나도네점하루살이 산처녀하루살이 두갈래하루살이 세갈래하루살이 방패하루살이 발톱하루살이 가락지하루살이 부채하루살이 흰부채하루살이 점박이부채하루살이 중부채하루살이 긴부채하루살이 총채하루살이 빗자루하루살이 배점하루살이 햇님하루살이 골짜기하루살이 깊은골하루살이 깊은산하루살이 미리내하루살이

새앙노트

시인이 하나의 시어를 선택할 때, 얼마나 많은 시어들이 자기를 선택해 달라고 기다리고 있는 것일까.

장아찌

오이장아찌 마늘장아찌 대추장아찌 애호박장아찌
더덕장아찌 아욱장아찌 양파장아찌 질경이장아찌
머위장아찌 곰취장아찌 매실장아찌 미나리장아찌
고추장아찌 달래장아찌 굴비장아찌 복숭아장아찌
미역장아찌 북어장아찌 전복장아찌 도라지장아찌
파래장아찌 깻잎장아찌 콩잎장아찌 시금치장아찌
사과장아찌 가지장아찌 대파장아찌 개두릅장아찌
수박장아찌 표고장아찌 부추장아찌 곤드레장아찌

새앙노트

언젠가 「시어 가게」라는 시를 발표한 적이 있다. 시어를 파는 가게. 만약 달빛 200원, 바람 300원, 물소리 500원, 저녁 어스름 800원, 은하수 100원, 웃음 2만 원이라면 시인은 시를 쓸 때 시어의 가격에 무척 신경이 쓰이지 않을까. 세상에는 돈으로 계산할 수 없는 것들이 있다. 햇빛과 달빛, 여울 물소리, 아이의 웃음, 저녁 어스름과 노을은 얼마인가. 한글을 만드신 분은 우리에게 한글을 공짜로 줘야겠다고 생각한 것 같다. 그래서 '언어 요리사'인 시인들은 언어라는 재료를 구입할 필요 없이 시를 마음껏 쓸 수 있는 것이리라.

(언어의 팔레트)

도요

깍도요 꼬까도요 노랑발도요 넓적부리도요

마도요 삑삑도요 목도리도요 검은꼬까도요

좀도요 알락도요 붉은발도요 긴부리마도요

청도요 꼬마도요 세가락도요 긴부리참도요

학도요 누른도요 쇠부리도요 메추라기도요

멧도요 바위도요 청다리도요 짧은부리도요

민물도요 숲깍도요 중부리도요 흰꼬리좀도요

종달도요 작은도요 큰부리도요 쇠청다리도요

주홍도요 붉은갯도요 흑꼬리도요

새앙노트

도요라는 말은 참 예쁘다. 도요새에 어울리는 이름을 지어 준 사람의 마음 또한 아름답다는 생각이 든다. 모양과 빛깔과 울음소리를 구별해 가면서 거기에 어울리는 기억할 만한 이름을 붙인다는 것, 그 작업은 새에 대한 사랑이 없으면 불가능하다. 작가가 자기의 이름을 흰 종이 위에 올려놓기를 기다리는 도요새들. 나도 도요예요! 저물 무렵 잿빛 서해의 고요 속에서 그런 가냘픈 소리가 들려오는 듯하다.

색채 언어

일반적으로 색은 영혼에 직접 영향을 미친다고 알려져 있다.
색이 피아노 건반이라면 눈은 현을 때리는 망치,
영혼은 수많은 현을 가진 피아노인 것이다.
- 바실리 칸딘스키

그는 사랑했다
산등성이를 내려가는 자줏빛 태양과 숲속의 길과
지저귀는 검은 새들, 그리고 초록이 나눠 주는 기쁨을.
- 게오르크 트라클

독일 표현주의 시인 트라클의 시는 '색채로 연주하는 음악'으로 불린다. '색채로 연주하는 음악'이 그의 시라면, '색채들이 연주하는 오로라 같은 음악'도 있지 않을까.

강렬한 표현을 위해 색채어를 즐겨 사용한 시인이 유럽에만 있었던 것은 아니다. 시선詩仙 이백, 시성詩聖 두보, 시불詩佛 왕유와 더불어 중국 문학사에서 시귀詩鬼로 불리는 이하李賀는 색채어를 빈번하게 사용했다.

술 권하는 노래將進酒

이하

호박빛 술에 유리잔,
술병에서는 방울방울 주홍색 진주 같은 술이 떨어지네
용을 삶고 봉황을 구우니 기름이 흐느끼는 듯한데
비단 병풍과 장막에는 향기가 그윽하구나
악사들이 악어가죽북을 둥둥 두드리고 용피리 불어
댈 때
노래하는 무희들은 하얀 이 드러내며
가늘디가는 허리로 춤추는구나
이 싱그럽고 푸른 봄날이 가면
복사꽃은 붉은 비 쏟아지듯 떨어지겠지
친구여, 술을 마음껏 실컷 마시게
무덤 속의 유령劉伶은 마시지도 못하는 술이니까

새앙노트

유령은 죽림칠현의 한 사람으로 술을 무척 좋아했다고 한다. 이 시의 안주는 어마어마하다. 순대처럼 삶은 용과 통닭처럼 구운 봉황이다. 이 안주보다 더 무시무시하고 기괴한 술안주가 있을까. 큰 가마솥 같은 데서 흘러나온 기름이 슬피 흐느끼는 소리가 어떤 소리인지는 독자들의 상상에 맡기도록 하겠다. 그리고 그 기름이 무슨 빛깔을 띠고 있었는지도.

모음들

아르튀르 랭보

A 검정, E 하양, I 빨강, U 초록, O 파랑, 모음들이여,
나는 언젠가 너희들의 은밀한 탄생을 말하리라.
A, 끔찍스런 악취 주위에서 윙윙거리며 번쩍이는
파리 떼의 털투성이 검은 코르셋.

어둠의 만, E, 안개와 천막의 순결,
늠름한 빙하들의 창, 백색 왕들, 산형화들의 떨림.
I, 자주색 옷감, 토한 피, 분노 혹은 속죄하는 도취 속에
아름다운 입술의 미소.

U, 순환 주기들, 암초록색 바다의 신비스런 진동,
가축들이 어슬렁거리는 방목장의 평화, 연금술이
학구적인 넓은 이마에 새기는 주름살의 평화.

          (색채 언어)

O, 이상한 금속의 소리로 가득 찬 지고의 나팔,

세상과 천사들이 가로지르는 침묵,

– 오 오메가, 그분의 눈에서 터져 나오는 보랏빛 광선!

랭보의 감각은 놀랍다. 그의 시를 읽다 보면 지구가 아닌 다른 별
에서 물려받은 감각을 지니고 태어나는 시인들이 있다는 생각이 들
때가 있다. 「모음들」은 발상이 독특한 작품으로, 프랑스 시 가운데서
도 주석이 긴 시로 알려져 있다. 마지막 연의 보랏빛은 가시광선 스
펙트럼에서 마지막 색채인 그 보랏빛이다.

풍경

게오르크 트라클

9월 저녁이다. 슬프게 들려오는 목동들의 어두운 외침소리.

저녁 어스름에 잠긴 마을 대장간에서는 불꽃이 인다.

뒷발로 힘차게 일어서는 검은 말, 곱슬머리에

히아신스꽃을 꽂은 하녀는

말의 지줏빛 콧구멍이 내뿜는 뜨거운 욕정을 달래보려 한다.

암사슴의 울음소리가 들려오는 숲

가을의 노란 꽃들이 말없이

연못의 푸른 얼굴 위로 고개를 숙이고 있다.

한 그루 나무가 빨갛다.

어두운 얼굴로 박쥐들이 날아오르기 시작한다.

난해함 때문에 생전에는 몰이해의 고독 속에 있다가, 난해함 덕분에 사후에는 큰 관심을 받는 시인들이 있다. 트라클이 그렇다. 라이너 마리아 릴케는 트라클의 시에 대해 이렇게 말한 적이 있다. "그의 시행들은 겹겹의 침묵에 둘러싸인 울타리처럼 존재한다." 색채 언어들이 엮여 있는 울타리 같은 시행들. 색채 언어들이 놓여 있는 건반 같은 시행들. 중세의 침묵인지 중생대의 침묵인지 시간의 두께를 알 수 없는 침묵의 성에서 들려오는 '색채로 연주하는 음악'.

분실물보관소

그 개울의 얼음은 분홍색이다. 굳어버린 아침노을처럼, 누이들의 손톱을 물들였던 봉숭아꽃잎처럼, 흐르지 않는 분홍색이다. 도살장의 피가 흘러들던 어린 날 개울의 겨울, 얼음은 분홍색이다. 도살장 지붕에 앉아 있던 까마귀들은 잿빛, 우울은 쥐회색, 시간은 무색이다. 정육점 앞 고무다라의 선지덩어리를 훔쳐 먹던 시궁쥐의 입술은 핏빛, 정육점 불빛은 빨강, 그 빨강 속에서 모든 추억은 이미 분실물.

새앙노트

나는 색채어에 큰 관심이 없다. 형용사를 꺼리는 것처럼 가능하면 색채어를 사용하지 않으려 한다. 그리고 색채어가 야수파 화가들의 그림에서처럼 시에서도 강렬한 효과를 줄 수 있는지, 나는 그 효과에 대해 회의적이다. 그런데도 왜 「분실물보관소」에서 이렇게 많은 색채어를 사용한 것인지. 뒤돌아보면 시냇가 마을에서 보낸 어린 시절의 분홍색 얼음 때문인 것 같다. 도살장이 가까웠던 마을에 겨울이 오면 시냇물은 분홍색으로 얼어붙었다. 그 분홍색 얼음 위에서 신나게 썰매를 탔던 기억이 난다.

은유의 유혹

촛불이 현자들을 사색하게 했던 먼 지식의 시대에는
은유가 곧 사유였다.
- 가스통 바슐라르

시인의 책무 중의 하나는 사물의 이름을 바꿔 부르는 것이다.
내 구두는 관을 닮은 것 같다.
오늘부터 구두를 관이라고 부르자
- 니카노르 파라

사물에 대한 새로운 인식을 출발시키기 위해 사물을 다른 이름으로 불러 보는 것, 그것이 은유다.

페데리코 가르시아 로르카의 시 「광상곡」에 "거울은 물의 미라"라는 은유가 있다. 이 은유는 그동안 내가 본 거울의 비유 중에서 가장 놀라운 비유라고 말하고 싶다. 물을 말려서 만든 미라. 바다를 말려서 미라를 만들면 얼마나 큰 거울이 될까. 문득 나는 시에 은유를 써 보고 싶은 충동을 느낀다. 은유는 유혹이다.

한때 선원이 되어 세계 곳곳을 여행했던 앙리 미쇼의 시 「빙산」은 은유의 산처럼 번쩍거린다. 그가 다르게 불러 본 빙산의 이름, 그 이름들을 모아 보았다.

물의 가족
섬들의 가족
북대서양의 등

벌레 없는 나라
출구 없는 죽음의 등대
영원한 겨울
종교 없는 대성당
바다 위에 얼어붙은 장엄한 불상
지구 머리 위에 씌운 얼음모자

너의 눈

옥타비오 파스

너의 눈은
번개와 눈물의 나라,
말하는 말없음,
바람 없는 폭풍,
파도 없는 바다,
새장에 갇혀 있는 새,
잠이 찾아오는 황금빛 맹수,
진실처럼 차가운 보석,
숲속 공터에 오는 가을,
나무 위에서 빛이 노래하고
모든 잎사귀들이 새가 되는 곳,
샐녘의 샛별,
눈동자로 뒤덮인 해변,
불을 따서 담은 과일바구니,

(은유의 유혹)

달콤한 거짓,
이승의 거울,
저승의 문,
한낮 바다의 고요한 숨결,
깜빡거리는 하나의 사막.

옥타비오 파스는 동양 사상에 관심이 깊었던 멕시코 시인이다. 그
는 장자의 호접몽이나 주역을 모티브로 시를 쓰기도 했다. 「너의 눈」
은 은유의 사용으로 다채로운 이미지의 광채를 내뿜는 보석 같은 작
품이다. 눈이 신비로운 것은 그 눈을 통해 누군가가 밖을 내다보고
있기 때문이다. 보는 자는 누구인가? 달라이 라마가 스승으로 여기
는 인도 승려 나가르주나는 이렇게 말한다. "눈은 눈을 보지 못한다."

누에

　누에들은 은수자隱修者 같다. 자승자박의 흰 동굴로 들어가 문을 닫고 조용히 몸을 감춘다. 혼자 웅크린 번데기의 시간에 존재의 변모는 시작된다. 세포들이 다시 배열되고 없었던 날개가 창조된다. 이 신비로운 변모가 꿈의 힘 없이 가능했을까. 어느 날 흰 동굴이 열리면서 해맑은 아침의 얼굴이 나온다. 회저처럼 고통스러웠던 연금술의 긴 밤을 지나 비로소 하늘백성의 날갯짓이 시작되는 것이다. 밖에서 구멍을 뚫어주는 누에의 왕은 없다. 누에들은 언제나 자신들이 벽을 뚫어야 하며, 안쪽에서 뚫어야 한다는 것을 잘 알고 있다.

　'누에는 은수자다.' 첫 문장에 그렇게 은유를 사용했다면 좀 어색하지 않았을까. '누에들은 은수자 같다.' 이 직유가 늘어지는 느낌이 있지만 자연스러운 것 같다. 회저, 이 말은 비표준어다. 괴저라고 해야 한다. 하지만 괴저라는 말은 은회색 느낌을 주는 은수자라는 말과 어울리지 않는다. 나는 『회저의 밤』이라는 시집을 낸 적이 있다. 『괴저의 밤』은 이상하다. 표준어 괴저를 제쳐 놓고 비표준어 회저를 사용한 것이 적절한 선택이었다는 생각이 든다.

불안의 형상화

나는 하나의 완벽한 심연이다.
일시 정지된 상태가 아닌 끓어오르는 힘들의 반죽이며
여러 대상들의 혼합물인 불안, 충일하고도 살찐 불안으로
점철된…….
- **앙토냉 아르토**

이 삶의 고통은 삶 자체의 것이라기보다는
그 불안에 따른 자학이다.
- **프란츠 카프카**

"나는 몹시 난처했다." 카프카의 소설 「시골 의사」는 그렇게 시작된다. 그 뒤에 이어지는 이야기는 그 난처함의 구체적인 형상화다. 「시골 의사」의 첫 문장은 부조리 문학의 출발을 알리는 깃발이었다. 카프카는 부조리 문학의 기수였다.

"불안조차 형상화되어야 한다." 이오네스코의 이 말을 나는 시의 십계명처럼 생각하고 있다. 하지만 불안을 형상화하는 작업은 그리 쉽지 않다. 이름 붙일 수 없는 것에 이름을 붙여야 하고, 보이지 않는 것을 보이도록 해야 하고, 들리지 않고 만져지지 않는 것을, 독자들이 느낄 수 있도록 언어로 형상화해야 한다.

가슴 3

윤동주

불 꺼진 화독을
안고 도는 겨울밤은 깊었다.

재만 남은 가슴이
문풍지 소리에 떤다.

　　윤동주의 시는 '위대한 수줍음'을 지니고 있다. 은폐하면서 폭로하고 감추면서 드러내는 것이 시의 특성이지만 그는 폭로하지 않는다. 폭로하기 전에 그는 자의식의 거울에 비친 자기를 바라본다. 자기를 바로 보는 것, 자기를 바로 본다는 것은 자신이 걸어온 모든 길과 함께 자기를 보는 것이다. 거기서 부끄러움이 태어나고 수줍음이 생긴다. 뻔뻔스러운 사람들은 도무지 이해할 수 없는 위대한 수줍음.

　　　　　　(불안의 형상화)

끈

핏방울들이 아스팔트에 뿌려지면
고무타이어들이 굴러가며 지우는
흰줄무늬 횡단보도

등에 팔랑나비리본을 달고
개옷 입은 개가 길을 건너온다
메리!
오! 메리라는 개

나는 늘 불길해지는 미래의 오늘로 끌려온 것 같다
뭔가 좋아질 것 같았던
그러나 불안의 아가리만 더 크게 벌어진
오늘

메리!
메리는 끌려간다
긴 털에 두 눈이 가려진 채
등에는 팔랑나비리본을 달고

아무래도 앞날이 불확실한 사람이 늘어뜨린

끈

그 끝에

온몸이 매달려서

오! 불쌍한 메리야

새앙노트

　이 시에 나오는 팔랑나비리본을 호랑나비리본이나 제비나비리본으로 바꿀 수는 없을 것 같다. 노랑나비리본은 어떨까. 메리라는 이름과 과연 어울릴까. 개의 품종을 밝히는 것도 바람직하지 않은 것 같다. 셰퍼드나 도베르만이나 시베리안 허스키처럼 덩치가 큰 개는 이 시에 어울리지 않는다. 두 눈을 긴 털이 가리고 있는 개, 청삽살개든 황삽살개든 삽살개라고 밝히는 것도 시의 분위기를 깰 위험이 있다. 개의 이미지는 그냥 모호하게 놔두고 독자의 상상에 맡기는 것이 좋겠다. 중요한 것은 끈이다. 앞날이 불확실한 사람이 늘어뜨린 끈, 메리라는 개의 목을 감고 있는 끈. 그 끈의 재질을 밝히는 것도 불필요하다.

　　　　　　　(불안의 형상화)

내 영혼의 북가시나무

하늘에서 새 한 마리 깃들지 않는
내 영혼의 북가시나무를
무슨 무슨 주의主義의 엿장수들이 가위질한 지도 오래되었다
이제 내 영혼의 북가시나무엔
가지도 없고 잎도 없다
있는 것은 흠집투성이 몸통뿐.

허공은 나의 나라, 거기서는 더 해 입을 것도 의무도 없으니
죽었다 생각하고 사라진 신목神木의 향기 맡으며 밤을 보내고

깨어나면 다시 국도변國道邊에 서 있는 내 영혼의 북가시나무,
귀 있는 바람은 들었으리라
원치 않는 깃발과 플래카드들이
내 앙상한 몸통에 매달려 나부끼는 소리,
그 뒤에서 내 영혼이 소리 죽여 울고 있는 소리를.

봄기운에

대장간의 낫이 시퍼런 생기를 띠고

톱니들이 갈수록 뾰족하게 빛이 나니

살벌한 몸통으로 서서 반역하는 내 영혼의 북가시나무여

잎사귀 달린 시를, 과일을 나눠주는 시를

언젠가 나는 쓸 수도 있으리라 초록과 금빛의 향기를 뿌리는 시를

하늘에서 새 한 마리 깃들어

지저귀지 않아도

새앙노트

　〈절규〉를 그린 표현주의 화가 뭉크는 이해하리라. 대상이 없는 불안과 대상이 있는 공포 중에서 무엇이 더 사람을 죽음으로 몰아가는지. 그리고 왜 자살은 대부분 타살인지를.

묘사, 상상력의 활주로

시적 묘사는 모사模寫와 다르다. 사실성에 충실하려 하지 않고 대상의 표정, 대상이 주는 느낌을 중시한다. 시에서의 묘사는 대부분 시인의 마음이 스며 있는 묘사라고 할 수 있다. 파도를 묘사하면 파도에서 시인의 마음이 파도치고 있고, 낙엽을 묘사하면 낙엽 위에 누워 있는 시인의 마음이 있다. 또는 이렇게 말해 보면 어떨까. 만약 마음이 시라면 시는 만물을 포함하고 있고 만물은 시를 내포하고 있다. 그러므로 시는 만물을 넘어서 있으면서도 만물 속에 있는 마음이다.

묘사는 상상력을 이륙시키기 위한 활주로가 되기도 한다. 바스코 포파의 시 「별처럼 생긴 달팽이」는 묘사로 시작된다. "비가 내린 후 너는 기어 나왔다." 그리고 그 묘사를 활주로로 삼아 바스코 포파의 초현실적인 상상력이 이륙을 시작한다. 하이쿠의 단점은 상상력을 마음껏 펼치

기에는 17자로 한정된 그 형식적 그릇이 너무 작다는 데 있다. 그래서 상상력의 비상과 확장보다는 응축된 사실적 묘사에 충실해야 하는 하이쿠는 독자들에게 끝없는 활주로 같은 여백을 열어 놓는다.

인월대隣月臺에서

혜심慧諶

가파른 절벽 까마득하고
드높은 누대는 아득하게 하늘에 닿았네
북두北斗로 은하수를 길어 차를 끓이니
차 달이는 푸른 연기가 달 계수나무를 감싸네

　벌거벗은 허공을 연상시키는 무의자無衣子, 혜심은 고려의 선승이다. "북두로 은하수를 길어 차를 끓이"는 아름다운 이미지가 내 마음 깊이 새겨져 있다. 까마득한 절벽, 아득한 누대, 달, 북두, 은하수. 그 너머에서는, 우리가 아직 경험해 보지 못한 어떤 이미지들의 성운이 겹劫 밖의 시인을 마중 나오려고 기다리고 있는 것일까.

펼쳐진 늑대

1
죽은 늑대는
울란바토르 백화점 진열대 위에
네 다리를 펼치고 넙죽 엎드려 있다
털은 회색이다
눈은 황갈색 유리알이다
그리고 빳빳이 세운 귀는 아직도
늑대들의 울음소리를 듣고 있는 듯하다

2
털가죽의 안에는
아무것도 없다

3
만약 내 가죽으로 허공을 감쌀 수 있다면
은하수가 내 뱃속으로 흘러갈 것이다
그렇다면
북두北斗는
나의 배꼽,
해와 달이 내 눈알이다

새앙노트

「펼쳐진 늑대」는 묘사를 활주로로 삼아 상상력을 펼쳐 본 작품이다. 죽어서 가죽으로 펼쳐진 고비 사막의 늑대 덕분에 은하수가 내 뱃속으로 흐르는 우주적 상상력을 펼칠 수 있게 되었다. (참고로, 달빛을 받으면 푸른빛을 띠는 잿빛 털 늑대가 푸른 늑대다. 달빛을 받으면 푸른빛을 띠는 잿빛 털 삽살개가 청삽살개다. "그리움의 푸른 늑대가 산봉우리를 넘어간다", 「봄밤」이라는 시에서 그런 표현을 한 적이 있다.)

아마존 수족관

아마존 수족관집의 열대어들이
유리벽에 끼어 헤엄치는 여름밤
세검정 길
장어구이집 창문에서 연기가 나고
아스팔트에서 고무 탄내가 난다
열난 기계들이 길을 끓이면서
질주하는 여름밤
상품들은 덩굴져 자라나며 색색의 종이꽃을 피우고 있고
철근은 밀림, 간판은 열대지만
아마존 강은 여기서 아득히 멀어
열대어들은 수족관 속에서 목마르다
변기 같은 귓바퀴에 소음 부엉거리는
여름밤
열대어들에게 시를 선물하니

노란 달이 아마존 강물 속에 향기롭게 출렁이고
아마존 강변에 후리지아 꽃들이 만발했다

새앙노트

나는 인왕산 기슭에 산 적이 있다. 자하문 터널을 지나 세검정 길, 거기서 북악 터널 쪽으로 가는 길에 열대어를 파는 가게 '아마존 수족관'이 있었다. 열대 우림 속의 벌거벗은 원주민들, 원숭이들과 나무늘보와 재규어, 빨간독화살개구리와 도롱뇽 우파루파……. 열대어들의 감옥인 '아마존 수족관'이 내 마음속으로 흐르는 아마존을 건드린 여름밤, 서울에서의 하루.

　　(묘사, 상상력의 활주로)

이미지와 병치

왕유의 시 속에는 그림이 있는 듯하고 그림 속에는
시가 있는 듯하다.
- 소동파

훌륭한 이미지는 깊이를 알 수 없는 꿈의 밑바탕을
갖고 있다. 우리는 그 꿈의 밑바탕 위에 각자의 개인적인
과거를 채색하는 것이다.
- 가스통 바슐라르

에즈라 파운드를 비롯한 이미지즘 시인들은 언어의 음악성보다 언어의 회화성에 주목한다. 화가가 물감을, 작곡가가 음표를 사용하듯이, 이미지즘 시인들은 언어라는 질료를 사용하여 회화적인 이미지를 빚어 낸다. 추상적 언어보다는 구체적 언어로, 진술보다는 묘사로 인상적인 이미지를 창조해 내는 이미지스트들이 동양에 있었다.

이미지와 리듬과 주제를 의식하면서 시를 써야 하는 시인은 문학은 물론 음악과 철학과 회화에 관심을 가지 수밖에 없다. 『서동시집』을 낸 괴테는 페르시아 시에, 이미지즘을 내세운 에즈라 파운드는 일본의 하이쿠와 당시唐詩로부터 영향을 받았고, 보르헤스는 불교에, 옥타비오 파스는 주역에 관심이 깊었다.

현대 예술은 단일한 이미지가 아닌 여러 이미지의 병치를 중시한다. 초현실주의 회화에서의 데페이즈망 기법과 마찬가지로, 시에서 사용하는 이미지의 병치 기법도 엉

뚱하고 모순되고 낯설게 느껴지는 배치일수록 그 충돌 효
과는 강력하다.

지하철 정거장에서

에즈라 파운드

군중 속에 불쑥 나타나는 이 유령 같은 얼굴들
검은 나뭇가지 위의 젖은 꽃잎들

새앙노트

　이 작품은 초고일 때 제법 긴 시였으나 생략과 퇴고를 거듭하면서 결국에는 2행만 남게 되었다고 한다. 에즈라 파운드가 T. S. 엘리엇의 장시 「황무지」의 초고를 엄청나게 줄였다는 이야기는 널리 알려져 있다. 각주처럼 설명적인 언어를 제거하고, 이질적인 이미지들을 그대로 병치시키는 기법은 새로운 것이 아니다. 하지만 로트레아몽이 말하는 "수술대 위에서의 우산과 재봉틀의 만남"처럼, 마주침의 우연성으로 인해 이미지의 병치 효과가 강력한 시적 폭발을 일으키면서 예기치 않은 인식의 충격을 불러올 수도 있다.

추포가秋浦歌 5

이백

추포엔 흰 원숭이가 많아
흰 눈이 흩날리듯 날뛰기도 하지
어떤 밤엔 새끼를 품에 안고 내려와서
물속의 달을 건지면서 놀기도 하지

새앙노트

　이백은 왕이 불러도 자기는 지금 술 취한 신선이라 궁에 갈 수 없다며 술을 계속 마셨다고 한다. 그는 남방을 돌아다니다 추포에 머물면서 추포 연작시를 쓴다. 그는 흰빛의 이미지를 즐겨 사용했는데, 흰빛을 자신의 후광으로 여겼던 것 같다. 하얀 원숭이들, 희디흰 달빛, 흰머리.「추포가 4」에서 이백은 "원숭이가 울 때마다 흰머리들이 늘어나며 가늘어지네"라고, 신선도 피해 가지 못한다는 늙음의 비애를 토로한다.

통조림으로 만리장성을

옹관甕棺 속에
큰 숯덩이처럼
들어앉아 있던 스님 이름이
떠오르지 않는다.
항아리 어둠 속에 오래 죽은 채
그렇게 안 썩을 수도 있는 것인지.
밤,
대형상점,
이 철면피 통조림들은
죽음창고에서 왔다.
지게차가 옹관 같은 상자들을 들어올리는
서늘한 창고에서
조명 눈부신 이곳으로
엄청난 양이 왔다.
통조림으로 만리장성萬里長城을! 그 앞을 황제펭귄들이
열을 지어 걸어갈 수도 있을 것이다.

뚜껑에 찍힌 날짜들은
유통기간,
그 검은 날짜들을 읽어본다.
고불古佛도 예수도
이런 깡통무덤 속에서는
부활하지 못했으리라.

　강렬한 시적 효과를 위해 통조림과 옹관을 병치해 보았다. 등신불等
身佛은 미라가 된 옹관 속 스님의 몸에 옻칠을 하고 그 위에 황금을 입혀
만든 불상으로 알려져 있다. 통조림으로 쌓아 올린 만리장성! 그 앞으
로 열을 지어 지나가는 황제펭귄들은, 백성을 만리장성 노동자로 보내
의무의 희생자로 만든 황제의 망령일까. 아니면 통조림 광고에 동원된
남극의 펭귄들일까.

시각 이미지

서역西域에 한 오아시스가 있었다. 그 옆에 한 왕국이 있었다. 왕국이 멸망한 뒤에 푸른 호수는 사막에서 사막으로 오랜 세월을 홀로 떠돌아다니게 된다. 방황하는 호수! 이노우에 야스시의 소설 「누란樓蘭」에 나오는 이야기다.

사막의 유목민들은 시력이 무척 좋다. 먼 지평선에서 꼬물거리는 것이 낙타인지 늑대인지 금세 알아본다. 이글거리는 신기루와 눈부신 무한에 지쳐 있는 사막의 눈들, 고요 속에 뒹구는 낙타 해골들. 그렇게 황막한 사막에서 살아가는 유목민의 눈동자가 모두 눈물샘에 둘러싸여 있다는 것이 신기하다.

사자춤狻猊

최치원

광활한 사막 만 리를 건너오느라
털가죽 찢어지고 흙먼지 뒤집어썼네
사자 머리 흔들고 꼬리를 휘두르니
웅대한 그 기운이 짐승의 왕답도다

새앙노트

처용이 춤추던 마당을 비추던 달이 지금은 마당 없는 빌라 위에서 먹구름을 헤치며 가고 있다. 서라벌 밤하늘에 떠 있던 달이 지금 서울의 밤하늘을 지나가고 있는 것이다. 최치원은 「향악잡영鄕樂雜詠」 5수에서 금방울 놀이, 다리꼭지 놀이, 탈춤, 꼭두각시놀이, 사자춤. 그렇게 다섯 가지 놀이를 시로 노래한다. 광활한 사막을 건너와 신라 땅에서 춤을 추는 사자는 어떤 모습이었을까. 원형 경기장에서 로마의 검투사들과 맞서 싸우던 북아프리카의 바바리사자들처럼 갈기가 검고 늠름한 수사자 모습이 아니었을까.

쌍봉낙타

만약 내가 야생 쌍봉낙타였다면 그리고 늙은 수컷이었다면 혼자 사막을 떠돌아다녀야 했을 것이다. 어디로 가든 그게 그거인 사막에서 나는 굶주림을 방황으로 달래며 막막한 시간을 죽여야 했을 것이다. 마땅히 갈 곳도 없고 그렇다고 가지 않을 수도 없는 사막에서 높은 것은 나의 머리, 낮은 것은 발바닥, 보아도 그게 그거인 사막에서 눈은 텅 비어 있는 먼 곳을 날마다 바라보아야 하지 않았을까.

고개를 숙이면 돌, 모래, 시든 풀, 그리고 고개를 들면 눈부신 뙤약볕이 이글거리는 적막 속에서 나는 다시 고개를 늘어뜨리고 느릿느릿 걸어가다가 언젠가 내가 쏟아놓은 똥무더기를 발견하고는 아직도 내가 살아 있다는 사실에 놀라 갑자기 이상한 울음소리를 내며 울었을지도 모른다.

여름철이면 털 빠진 내 모습은 너덜너덜한 걸레나 다름없다. 역겨운 냄새를 풍기는 털들, 그것들은 다 바람이 뽑아갈 털들이다. 해마다 털갈이를 거듭하다 보면, 그리고 고독에도 익숙해져서 돌아다니다 보면 어느덧 나는 내 의지와 관계없이 많이 늙어 있다. 사막이 늙지 않는 것은 죽은 땅이기 때문이다. 물의 탯줄들이 말라버린 땅, 죽은 땅은 한낮에 무척 덥다.

긴 목마름 속으로 키 큰 고독이 또 걸어온다. 뙤약볕 속에서 고
개를 들고 나를 바라보는 쌍봉낙타 한 마리를, 나 역시 고개를 들고
우두커니 바라보고 있는 것이다.

　마지막 연의 '우두커니'는 이 시의 깃발 같은 것이다. 고비 사막에서
우두커니 나를 바라보던 낙타 한 마리가 생각난다. 무슨 연이 있었는
지, 그 낙타는 나에게 관심이 있었던 듯하다. 어느 정도 거리를 두고 따
라다니며 나를 바라보고 있었으니 말이다. 코뚜레도 고삐도 없던 낙타,
갈 곳 없던 그 야생 쌍봉낙타 덕분에 이런 시를 쓰게 되었다.

　　　　　　　　　　(시각 이미지)

청각 이미지

곤충학자들의 연구에 의하면 귀뚜라미의 청각 기관인 고막은 앞다리 무릎 부근에 있다고 한다. 앞다리가 떨어지면 귀뚜라미는 아무 소리도 들을 수 없는 것이다. 가을이다. 귀뚜라미가 운다. 올해가 몇 번째 가을인가. 우리 은하계에 태어나서 아흔아홉 번째 가을을 맞이하는 사람은 태양의 주위를 아흔아홉 바퀴째 돌고 있는 지구인이다.

귀뚜라미와 나와

윤동주

귀뚜라미와 나와
잔디밭에서 이야기했다.

귀뚤귀뚤
귀뚤귀뚤

아무에게도 알려주지 말고
우리 둘만 알자고 약속했다.

귀뚤귀뚤
귀뚤귀뚤

귀뚜라미와 나와
달 밝은 밤에 이야기했다.

새앙노트

　윤동주는 가슴속에 소년이 살고 있는 시인이다. 그는 달밤에 귀뚜라미와 무슨 이야기를 나눈 것일까. 그것은 둘만의 비밀이다. 둘만의 추억이다. 그리고 그것은 둘만의 재산이다. 경제 공동체가 아닌 추억 공동체의 재산들.

　　　　　　　　　　（ 청각 이미지 ）

여울이 가왕歌王

왜가리는
반가사유상도 아니면서
고개를 숙이고 물가에 서 있었다
천 개의 손가락들이 쉬지 않고
줄 없는 거문고를 뜯듯이
여울 물소리 들려오고 있었다
나는 물의 관객이었다
뜨거운 청중이었다
눈은 눈부신 여울을 보고 있었고
귀는 여울의 노래를 듣고 있었다
여울가에는 큼직한 음표 같은 돌들이 많다
조약돌들, 자갈들
하늘 밖에서 굴러온 무슨 은하계의 돌 조각이든
늘 귀머거리 늙은이인 돌들에게
들을 테면 들으라고 나는 말한다
여울이 가왕이다 그침이 없다
그렇지 않다면 온몸을 게우듯 왝왝거리는
왜가리가 가왕이랴

새앙노트

시집 『아무것도 아니면서 모든 것인 나』에 실려 있는 「여울이 가왕」에는 자음 ㄹ을 비롯한 흐름소리들이 들어 있다. 김소월의 시 「개여울」에도 흐름소리들이 흐른다. 흐름소리들이 음표들처럼 흐르고 있는 「개여울」. "사람은 같은 강물에 두 번 발을 담글 수 없다."고 헤라클레이토스는 말하지만, 우리는 언제든지 김소월의 개여울에 마음을 담글 수 있다.

후각 이미지

홍어 냄새는 얼마나 지독한지, 홍어와 막걸리를 먹고 지하철을 타면 옆에 있던 사람들이 다른 칸으로 가 버린다. 홍어, 번데기, 청국장, 된장찌개 등 후각을 후벼 대는 강렬한 냄새가 주위에 널려 있는데 왜 내 시에는 후각 이미지가 드문 것일까.

악의 세계에 우글거리는 인간들을 그린 『악의 꽃』의 저자이자 시인인 보들레르는 냄새에 민감했다고 한다. 그는 금잔화 향기를 맡으며 오보에의 깊고 그윽한 소리를 듣는다고 했다.

장미 도둑

바스코 포파

누군가는 장미 넝쿨
누군가는 바람의 딸
누군가는 장미 도둑이라네

장미 넝쿨을 본 도둑들
그중 하나가 장미를 훔쳐
자기 심장 속에 감췄다네

장미가 없어진 걸 보고
바람의 딸들은 도둑들을
추격하지

그녀들은 도둑들의 심장을 열어 보네
한 도둑은 심장이 있지
그러나 다른 도둑들은 심장도 없네

바람의 딸들은
도둑들의 가슴을 열고 또 열지
장미를 숨긴 심장을 찾을 때까지

　　바스코 포파의 「장미 도둑」에는 세 부류의 도둑이 있다. 심장이 있는 도둑, 심장이 없는 도둑, 심장에 장미를 감추고 있는 도둑. 장미를 숨긴 심장은 얼마나 향기로울까. 겹겹의 꽃잎과 꽃잎 사이에 향기가 메아리치고 있는 장미, 벌떡거리며 그 향기를 내뿜는 붉은 심장 그리고 향기로운 피가 온몸을 돌고 있는 도둑, 바람의 딸들보다 빠르게 향기를 흘리며 달아나고 있는 도둑, 장미 도둑.

　　　　　　　　　　　　（ 후각 이미지 ）

교감

샤를 보들레르

자연은 하나의 신전, 그 살아 있는 기둥들 사이에서
흘러나오는 어렴풋한 말들,
상징의 숲을 지나가는 사람을
다정한 시선으로 숲은 지켜본다

밤처럼 빛처럼 가없이 드넓고
깊고 어두운 통합 속에서
뒤섞이는 긴 메아리들처럼
서로 화답하는 향기와 색채와 소리들

어린애 살결처럼 신선한 향기들
오보에처럼 부드러운 향기들
초원처럼 푸른 향기들
그리고 또 발효하면서 진동하는 그윽한 향기들이 있어

용연향, 사향, 안식향, 훈향처럼
무한을 향해 울려 퍼지는 정신과 관능의
환희를 노래한다

보들레르는 색깔과 소리와 냄새의 은밀한 상호 관계뿐만 아니라 그 조화로운 결합에 관심을 갖고 있었다. 「교감」은 한 편의 시이면서 그의 시론이라고도 할 수 있다. '교감 이론'은 감각의 비빔밥 레시피 같은 것으로서 작품이라는 한 그릇 안에 시각, 청각, 후각, 미각, 촉각의 이미지를 혼합하는 것이다. 한국의 비빔밥을 먹어 본 적이 없는 보들레르는 어떻게 비빔밥의 비법을 알게 된 것일까.

참외

종이꽃 토해내는 땅에서
나를 넘어서 넓어지는 나를 얼마나 꿈꾸었던가
배꼽이 쑥 튀어나온
참외에 코를 대니
내 마음은 아직 그윽하려면 멀었구나
속이 썩지 않은 참외들이
노점 할머니의 대광주리 품에 안겨
온몸으로 향기를 토하는 여름
싱그러운 금빛 파도는
터진 사방으로 이글대며 헤엄쳐 간다

새앙노트

　태양이라는 하늘의 심장은 묵은 햇빛도, 묵은 햇살도, 묵은 햇볕도 내뿜지 않는다는 것을 우리는 잘 알고 있다. 태양은 언제나 새날의 햇빛을 선물한다. 그런데 햇빛과 햇살과 햇볕은 어떤 차이가 있는 것일까. 팔레트 위의 빨강, 분홍, 주홍이 다른 것처럼 나에게 세 낱말은 뜻은 같아도 서로 다른 느낌을 불러일으킨다. 나의 내면에는 향기로운 과일들이 없다는 것을 고백한 「참외」와 어울리는 태양색은 햇빛일까, 햇살일까 아니면 햇볕일까.

미각 이미지

동그랑땡. 이보다 더 재미있는 음식 이름이 있을까. 맛이 굴러다니는 느낌. 소똥 요리사 소똥구리를 생각나게 하는 재미있는 우리말, 동그랑땡.

무의식은 풍부한데 무의식을 표현할 수 있는 언어가 빈약한 것처럼, 맛을 표현할 수 있는 언어는 풍부하지 않은 것 같다. 국립현대미술관에서 만든 '한국 전통 표준 색명'처럼 '한국 음식 맛 어휘 사전' 같은 것이 있었다면 언어 요리사인 시인들이 좋아하지 않았을까.

북관北關

백석

명태 창란젓에 고추무거리에 막칼질한 무이를 비벼 익힌 것을
이 투박한 북관을 한없이 끼밀고 있노라면
쓸쓸하니 무릎은 꿇어진다

시큼한 배척한 퀴퀴한 이 내음새 속에
나는 가느슥히 여진女眞의 살내음을 맡는다

얼큰한 비릿한 구릿한 이 맛 속에선
까마득히 신라新羅 백성의 향수도 맛본다

아구찜 요리

아구는 안 보이고 양념이 산더미 같은 아구찜, 버얼건 양념을 드세요, 얼큰한 양념을, 온갖 양념들이 당신의 이목구비를 버무리는 세상이니, 아구찜을 먹으세요, 죽어서도 침 흘리는 고기, 아귀처럼 아귀아귀 먹으세요, 당신도 독한 아귀세상 매운 사람이 되세요.

아구찜이라고 써야 맞나. 아귀찜이라고 써야 맞나. 사람들이 두루 쓰는 서울말이 표준어이므로 아구찜이라고 썼다. 아귀에는 어두컴컴한 심해에서 스스로 초롱불을 밝히는 초롱아귀도 있고, 불교에서 말하는 아귀餓鬼, 즉 배는 엄청나게 큰데 목구멍이 바늘구멍처럼 작아 음식을 먹지 못하는 끔찍한 귀신도 있다. 문득 막걸리와 아구찜이 생각난다. 벌건 혓바닥 위에 늘어선 세상의 맛집들.

          (미각 이미지)

촉각 이미지

지구라는 작은 행성에 살아가면서 만나게 되는 물질들의 촉감. 바닷물은 얼마나 부드럽고 말랑말랑하면서 질긴지, 외계의 운석 덩어리들이 아무리 날아와 떨어져도 구멍이 나지 않는다. "피는 물보다 진하다." 그런 말이 있지만 물은 살보다 질기다. 질기면서 얼마나 미끌미끌한지 잡으면 손가락들 사이로 빠져나간다. 그런가 하면 살은 얼마나 질긴지, 살가죽을 문질러 대던 때밀이 수건에 먼저 구멍이 난다.

가죽이 벗겨진 소

외젠 기유빅

이것은 피가 흐르던 살덩어리다.
기적처럼 그리고 불가사의하게
따뜻한 맥박이 뛰고 있던 살덩어리다.

아직도 눈두덩이 안쪽에
어슴푸레하게 남아 있는 빛.
나는 옆구리를 쓰다듬을 수도 있으리라.
살덩어리에 머리를 기대고
두려워서 나지막하게 노래를 부를 수도 있으리라.

새앙노트

　프랜시스 베이컨은 '도살장의 화가'로 불린다. 그의 그림에는 일그러지면서 블랙홀로 빨려 들어가는 듯한 살덩어리들이 널려 있다. 기유빅의 「가죽이 벗겨진 소」는 정육점을 떠오르게 하는 작품이다. 죽은 살과 살아 있는 살이 만날 때의 느낌은 어떤 것일까. 이별 뒤에도 차마 헤어지지 못하는 추억처럼, 누군가의 죽음 곁에서 서성거리며 떨고 있는 손.

아프리카
- 치과에서

드르륵 드르륵, 지금 내 입안에는 첨단기계들이 가득하다. 의사는—그는 아주 섬세하다—망치로 내 잇몸에 인조이빨을 박고 있다. 망치가 이빨을 내리칠 때마다 흔들리는 두개골. "좀 아프시죠." 나는 아프지 않다. 아프리카는 얼마나 아픈가. 눈물과 해골 사이에 아프리카 소년이 있고 굶주림과 노동 사이에 헐벗은 소녀가 있다. "끝났습니다. 힘드셨죠." 천천히 나는 자리에서 일어난다. 내 눈앞 컴퓨터 화면에 나의 해골이 걸려 있다. 하얀 해골 사진, 내 해골이 이렇게 생겼네. 하하, 내 해골이 이렇게 생겼어.

새앙노트

익살스럽게 써 본 이 작품은 누구나 쉽게 이해하고 공감할 수 있을 것 같다. 치과에서의 아픔. 그러나 아프리카는 얼마나 아픈가. 말소리의 우연성을 따라가면서 글을 쓰는 시간이 때로 즐거운 것은 그 시간이 고통과 허무의 물거품으로 출렁거리는 세파世波에서의 파도타기처럼, 미끄러지는 즐거움을 누리는 시간이기 때문일까.

어조

AI 시인이 자기가 쓴 시를 기계음의 어조로 무대 위에서 읽는다면 사람들은 어떤 느낌을 받게 될까. 육성으로부터의 해방! 시인에게는 어조의 자유가 있어야 한다. 기개 있는 어조, 연약한 어조, 익살스러운 어조, 천진한 어조, 동물에게 영향을 받은 어조, 금속성 어조, 불의 어조, 바람의 어조. 그 외에도 시인이 발견하고 발명해야 할 새로운 어조들이 있을 것이다.

광야

이육사

까마득한 날에
하늘이 처음 열리고
어디 닭 우는 소리 들렸으랴

모든 산맥들이
바다를 연모해 휘달릴 때에도
차마 이 곳을 범하지는 못하였으리라

끊임없는 광음光陰을
부지런한 계절이 피어선 지고
큰강물이 비로소 문을 열었다

지금 눈 내리고
매화 향기 홀로 아득하니
내 여기 가난한 노래의 씨를 뿌려라

다시 천고千古의 뒤에
백마 타고 오는 초인超人이 있어
이 광야에서 목 놓아 부르게 하리라

이육사의 「광야」는 남성적 어조의 대표적인 작품이다. 우주를 손
바닥에 놓고 보는 듯한 큰 스케일과 백성을 이끄는 선지자의 목소리
같은 굵은 톤을 갖고 있다. 그래서 시 낭송 무대에서 큰 사랑을 받으
며 오래도록 사람들 사이에 회자되는 듯하다.

님의 노래

김소월

그리운 우리 님의 맑은 노래는
언제나 제 가슴에 젖어 있어요

긴 날을 문밖에서 서서 들어도
그리운 우리 님의 고운 노래는
해지고 저물어도 귀에 들려요
밤들고 잠들도록 귀에 들려요

고이도 흔들리는 노랫가락에
내 잠은 그만이나 깊이 들어요
고적한 잠자리에 홀로 누워도
내 잠은 포스근히 깊이 들어요

그러나 자다 깨면 님의 노래는
하나도 남김없이 잃어버려요
들으면 듣는 대로 님의 노래는
하나도 남김없이 잊고 말아요

　김소월의 어조는 여리다. 가슴속 깊은 그늘에서 새어 나오는 한스럽고 가냘픈 목소리, 연민을 불러일으키는 소년 같고 여성스러운 목소리가 그의 어조의 특징이자 시풍이면서 기질이라고 할 수 있다.

　자연스럽게 태어나는 어조도 있겠지만 현대의 시인들은 기술적으로 만들어지는 어조에도 관심을 가져야 하지 않을까. 시라는 무대에 등장시켜 볼 만한 낯설고 엉뚱하고 기계적이면서 기괴한 어조들이 어디선가 새로움을 추구하는 시인들을 기다리고 있는지도 모른다.

낮은 곳이 그리운 욕망

돌아보면 지나온 풍경에 나는 없다.
지나온 길에도 나는 없고
이렇게 없는 나를 거듭 말하지만
사방 풍경을 거느린 지금의 내가 있는 것이다.

저물 무렵이다.
뜨지 않은 달을 기다리는 물가의 나무들이 숙연하다.
바람은 자고 있다.
버드나무는 묵상중이다.
나는 스스로 넉넉한 적이 없었다. 뿌리가 없었기 때문이다.

저녁 어스름이 짙어진다. 여울물 소리가 크다.
이 징검돌들은 누가 놓고 지나갔을까.
그는 아마 발이 젖으면서 이 징검돌들을 놓았으리라.
징검다리를 건너간다. 헛디디지 않으려고
애쓰다가 잃은 것이 무엇이었을까.
웅크린 채 굳어버린 돌들,
욕망의 화산재 냄새,

허공이 어둡다.
흘러가는 여울물 소리가 그치지 않는다.
낮게 낮게 여울물을 따라 날아가는 물여우나비들,
어디선가 물총새가 짧게 운다.
초저녁 별이 몇 개
여린 빛을 드러내며 뜬다.

낮은 곳이 그립다.
그동안 나는 바닥 없는 바닥을 향해 걸어왔다.
비록 내가 가장 낮은 바닥과
한몸을 이루지는 못했지만,
다리를 건너도
갈 곳 없는 사람처럼.

새앙노트

평범하고 어눌한 어조로 저물 무렵의 풍경을 그려 보았다. "버드나무는 묵상중이다." 이 표현이 시 전체를 숙연한 분위기로 이끈다는 생각도 든다. 오늘도 낮은 곳으로 흘러가는 물, 나의 욕망은 태어날 때부터 과연 낮은 곳을 향해서 흘러가고 있었던 것일까. 흐리든 맑든 모든 강물을 무심하게 받아들이는 바다. 낮은 곳에 있으면서 넘실거리는 바다. 늙지 않는 바다. 그 바다에서 가볍게 날아오르는 것은 더 이상 작아질 수 없는 물방울들.

감정의 농도

"시를 쓰다가 눈물을 흘리거나 웃을 때가 있다." 레몽 크노의 이 말에 공감하는 시인이 꽤 있을 거라고 나는 생각한다. 그러나 나는 시를 쓸 때만큼은 슬픔이나 눈물 같은 단어를 사용하는 것을 독약 먹는 것처럼 두려워한다. 감상적인 시는 질색이다. 감정의 농도를 어떻게 처리하느냐에 따라서 시는 질척거릴 수도 있고 꾸덕꾸덕할 수도 있고 바짝 말라 있을 수도 있다. 나는 북어처럼 건조한 문체를 지향한다.

멧새 소리

백석

처마 끝에 명태를 말린다
명태는 꽁꽁 얼었다
명태는 길다랗고 파리한 물고긴데
꼬리에 길다란 고드름이 달렸다
해는 저물고 날은 다 가고 볕은 서러웁게 차갑다
나도 길다랗고 파리한 명태다
문턱에 꽁꽁 얼어서
가슴에 길다란 고드름이 달렸다

새앙노트

　백석의 이 시는 꾸덕꾸덕한 문체라고 말해야 할 것 같다. 감정의 물기가 배어 있는 것이다. 그러나 질척거리지는 않는다. 그에게는 언제나 적절한 감정의 절제가 있다. 「멧새 소리」라는 제목은 엉뚱하다. 추운 날 멧새라니! 명태가 꽁꽁 얼어붙은 날 저물 무렵 어디선가 들려오는 멧새 소리, 봄이 오고 있나? 멧새는 없었다. 지저귀지도 않았다. 나는 이 시를 그렇게 읽었다.

북어

밤의 식료품가게
케케묵은 먼지 속에
죽어서 하루 더 손때 묻고
터무니 없이 하루 더 기다리는
북어들,
북어들의 일 개 분대가
나란히 꼬챙이에 꿰어져 있었다.
나는 죽음이 꿰뚫은 대가리를 말한 셈이다.
한 쾌의 혀가
자갈처럼 죄다 딱딱했다.
나는 말의 변비증을 앓는 사람들과
무덤 속의 벙어리를 말한 셈이다.
말라붙고 짜부라진 눈,
북어들의 빳빳한 지느러미.

막대기 같은 생각
빛나지 않는 막대기 같은 사람들이
불쌍하다고 생각하는 순간,
느닷없이
북어들이 커다랗게 입을 벌리고
거봐, 너도 북어지 너도 북어지 너도 북어지
귀가 먹먹하도록 부르짖고 있었다.

새앙노트

　나는 진술보다는 묘사를, 리듬보다는 이미지를 중시하면서 물기가
전혀 없는 북어처럼 건조한 문체로 시를 쓴다. 알베르 카뮈의 「이방인」
을 읽으면서 무심하기 짝이 없는 주인공 뫼르소가 전갈 같은 인물이고
이 소설이 아주 건조한 모래의 문체, 혹은 독을 품은 전갈의 문체로 씌
었다는 생각을 한 적이 있다.

메아리로 빚은 항아리

가능한 적게 말하자.
그래야 말들이 자신의 메아리를 만들어 내지.
- 외젠 기유빅

메아리는 빈 곳에 나타나는 소리, 반복되며 울리는 소리, 점점 작아지고 멀어지다가 고요로 돌아가는 소리다. 메아리의 생애는 그렇다. 소리의 자식으로 태어나 잠시 울다 고요 속으로 사라진다. 물론 메아리를 낳은 소리도 고요로 돌아간다. 모든 소리의 고향은 고요다. 아무것도 없이 텅 비어 있는 절대 무無와도 같은 하나의 고요, 고요로부터 와서 다시 고요로 돌아가는 소리들. 만약 메아리로 빚은 항아리가 있다면 그것은 허공에 홀로 둥둥 떠 있는 홀로그램 같지 않을까.

아카나 나무

니콜라스 기옌

빛이 사라지는 저 산, 저 안쪽에
저 산 저 안쪽에
아카나 나무,

아이, 아카나, 아카나,
아카나,
아이, 아카나, 아카나,
내 집의 기둥,

저 산 저 안쪽에
아카나,
내가 가는 길의 지팡이,
저기 저 산속에……

아이, 아카나, 아카나,
아카나,
아이, 아카나, 아카나,

빛이 사라지는 저 산, 저 안쪽에
저 산 저 안쪽에
내 석관의 뚜껑이,
저 산 저 안쪽에……

아이, 아카나, 아카나,
아카나,
아이, 아카나, 아카나,
아카나와 같이……

　쿠바 시인 니콜라스 기옌의 「아카나 나무」는 소리의 반복과 변주로 태어난 '메아리로 빚은 항아리' 같은 작품이다. 에즈라 파운드는 이 시를 음악시로 분류했을 것이다. 아카나 나무를 품고 있는 푸른 산. 그 산을 품고 있는 푸른 카리브해. 물결치는 파랑의 메아리. 어머니인 바다를 떠나지 못하고 일렁거리는 푸른 메아리들처럼 산의 품을 떠나지 못하는 아카나 나무, 아이, 아카나, 아카나, 아카나…….

산유화

김소월

산에는 꽃 피네
꽃이 피네
갈 봄 여름 없이
꽃이 피네

산에
산에
피는 꽃은
저만치 혼자서 피어 있네

산에서 우는 작은 새요
꽃이 좋아
산에서
사노라네

산에는 꽃 지네
꽃이 지네
갈 봄 여름 없이
꽃이 지네

　이 시의 아름다움을 과연 외국어로 옮길 수 있는 것일까. 「산유화」의 번역은 반역일 것 같다. '메아리로 빚은 항아리' 같은 이 작품은 번역을 하면 산산조각 날 것 같다. 깨진 뒤에 아름다운 사금파리들이 반짝거릴 것 같지도 않다.

물수레

사막의 마을에서 스무 해 동안
물수레를 함께 끌어온
노인과 낙타의 걸음걸이는 서로 닮았다

터어벅 터어벅
오늘도 물수레를 끄는구나

터어벅 터어벅
내일도 물수레를 끌겠지

터어벅 터어벅
터어벅 터어벅

노인의 걸음걸이를 낙타가 흉내내는 것인지
아니면 낙타의 걸음걸이를 노인이 흉내내는 것인지

터어벅 터어벅

터어벅 터어벅

몽골의 낙타 코뚜레는 한국의 둥그런 소코뚜레와 달리 Y자를 옆으로 눕힌 모양이다. 그래서 고삐를 잡아당기면 코뚜레에 꿰인 코가 일그러지면서 낙타가 운다. 키 2미터, 몸통 길이는 3미터쯤 되는 그 덩치 큰 털짐승이 고삐를 잡아당기면 땅바닥에서 일어나면서 울음소리를 내는 것이다. 이 시는 사막의 마을을 지나가다 물수레 끄는 낙타를 보고 쓴 것이다. 노인과 낙타의 걸음걸이가 얼마나 비슷한지 여섯 개의 발이 속도를 맞추면서 걸어가는 것 같았다. '터벅터벅'은 느릿느릿 힘없이 걸어가는 모양을 나타내는 부사다. 그래서 이렇게 써야 했다. 터어벅 터어벅 터어벅 터어벅.

반복과 변주

음악이 없는 생각은 그 명료성 때문에 산문이 된다.
- 에드거 앨런 포

"운명은 반복과 변주와 대칭을 좋아한다."라고 보르헤스는 말한다. 운명뿐만 아니라 자연도 그렇다. 바다는 밀물 썰물을 반복하고 계절은 봄 여름 가을 겨울을 반복한다. 인생은 생로병사를 반복하고 역사는 흥망성쇠를 반복하며 우주는 성주괴공을 반복한다. 사물, 생명체, 풍경, 이 모든 것이 크고 작은 반복과 변주의 리듬 속에 있다. 이런 세계관으로 볼 때 시에서의 반복과 변주는 자연의 섭리와 우주의 리듬과 조물주의 숨결이 스며 있는 것이라고 할 수 있다.

아시시

파울 첼란

움브리아의 밤,
움브리아의 밤, 종과 은빛 올리브 잎이 있는
움브리아의 밤, 당신이 등에 짊어진 벽돌이 있는
움브리아의 밤, 돌들이 있는

    침묵하며 삶 속으로 솟아오르는 것, 침묵하며
    빈 항아리를 채우소서

질항아리,
질항아리, 도공의 손과 하나가 된
질항아리, 그림자의 손이 영원히 봉인된
질항아리, 그림자의 봉인이 찍혀 있는

    돌, 당신이 바라보는 곳의 돌,
    부디 나귀인 육신이 들어가게 하소서

터벅터벅 가는 짐승,
터벅터벅 가는 짐승, 가장 헐벗은 손이 뿌리는 눈 속을
터벅터벅 가는 짐승, 자물쇠 같은 언어 앞에서
터벅터벅 가는 짐승, 빈 손으로 잠을 받아들이며

광휘여, 그 누구도 위로하지 않는 광휘여,
죽은 자들이 아직도 구걸을 하고 있나이다
광휘여, 프란치스꼬여

　파울 첼란의 시 「아시시」를 깊이 이해하기 위해서는 성 프란치스코 평전 『태양의 노래』를 읽어 보는 것이 도움이 될 듯하다. 표지가 태양색인 이 책의 머리말은 인상적이다. "이 책은 한 가수와 그의 노래에 대한 것이다. 가수는 성 프란치스코이며 찬가는 「태양의 노래」다." 전해지는 바에 따르면 부유한 포목상의 아들이었던 프란치스코는 젊은 날 음유 시인의 시를 읊고 연가를 부르며 친구들과 함께 아시시(이탈리아 중부 도시) 거리를 누볐다고 한다.

회저

온몸의 살이 썩고
온몸의 뼈가 허물어져서
재 밑의 재로 나는 돌아가리라

지금은 살이 썩고 곪아도
손으로 다 긁지 못하지만
터뜨리지 못하는 고름주머니 육신의
심한 가려움증도 그 재의 밤엔 다 나아 있으리

온몸의 살이 썩고
온몸의 뼈가 다 허물어져서
재 밑의 재로 나는 돌아가리라

지금은 재 위에 주저앉아
추한 꼴로 썩어가는 몸을 재로 씻으며
까마귀떼 울음소리 듣고 있으나
재 휩쓸어가는 바람의 밤엔 다 조용해지리

나 없는 그 밤에

울음도 타버린 마른 재를 맡기면서

침묵의 밤으로 나 돌아가리라

재의 입술이 떨어지는

흙의 밤 속으로

「회저」는 욥을 생각하면서 쓴 어두운 작품이다. 때로는 누군가의 끔찍한 슬픔과 절망이 나에게 위안을 주곤 한다. 어두운 작품이지만 파울 첼란의 「죽음의 푸가」는 반복과 변주의 걸작이다. 푸가fuga란 한 성부聲部의 주제를 다른 성부가 화답하며 변주하는 식으로 구성되는 음악 형식이다. 연구자들에 의하면 「죽음의 푸가」는 하나의 어조가 아니며, 음색이 다른 여섯 개의 목소리가 대위법적 구성으로 긴밀하게 조합되어 있다고 한다.

첫 문장과 빠른 리듬

리듬이 빠른 시를 써 보고 싶을 때가 있다. 달리는 푸른 늑대처럼, 물살 빠른 여울처럼, 악보를 펄럭이는 바람처럼, 불똥을 튀기며 번지는 불길처럼, 그저 그런 일상의 지루함을 쫓아내는 시. 광시狂詩든 졸시拙詩든, 이상이 말하는 '권태'나 에리크 사티가 말하는 '짜증'으로부터 벗어나 빠른 리듬의 시가 일으키는 시원한 바람을 쐬고 싶을 때가 있는 것이다.

눈

김수영

눈은 살아 있다
떨어진 눈은 살아 있다
마당 위에 떨어진 눈은 살아 있다

기침을 하자
젊은 시인이여 기침을 하자
눈 위에 대고 기침을 하자
눈더러 보라고 마음 놓고 마음 놓고
기침을 하자

눈은 살아 있다
죽음을 잊어버린 영혼과 육체를 위하여
눈은 새벽이 지나도록 살아 있다

     (첫 문장과 빠른 리듬)

기침을 하자
젊은 시인이여 기침을 하자
눈을 바라보며
밤새도록 고인 가슴의 가래라도
마음껏 뱉자

　첫 문장은 간결할수록 힘이 있다. "눈은 살아 있다", 증기를 힘차게 내뿜는 증기 기관차처럼 이 첫 문장이 뒤의 행들을 이끌면서 질주한다. 첫 문장을 쓰면 소설의 반을 쓴 것이나 다름없다고 말하는 작가가 있다. 소설뿐만 아니라 시도 그렇다. 증기 기관차처럼 힘찬 첫 문장을 쓰면 뒤에서 행과 연들이 힘들지 않게 따라온다.

위독_절벽

이상

꽃이보이지않는다. 꽃이향기롭다. 향기가만개한다. 나는거기묘혈을판다. 묘혈도보이지않는다. 보이지않는묘혈속에나는들어앉는다. 나는눕는다. 또꽃이향기롭다. 꽃은보이지않는다. 향기가만개한다. 나는잊어버리고재차거기묘혈을판다. 묘혈은보이지않는다. 보이지않는묘혈로나는꽃을 깜빡잊어버리고들어간다. 나는정말눕는다. 아아. 꽃이또향기롭다. 보이지도않는꽃이—보이지도않는꽃이.

새앙노트

이상의 이 작품은 '위독의 문체'로 불릴 만하다. 죽음 앞에서의 다급한 말 한마디. "꽃이보이지않는다." 필사를 하면서 저자의 두근거리는 심장과 다급한 맥박을 느낄 때가 있다. 깊은 슬픔과 불안과 절망감으로 숨 쉬고 있는 문장들, 절벽 앞 외로운 목소리, 무로 사라지지 않고 그리움처럼 향기처럼 되돌아오는 마지막 말의 메아리들.

포효

나는 적막이 포효하는 소리를 들었다. 적막은 사자처럼 포효했고 그 포효에 나는 놀랐다. 나의 말들은 저 적막에게 먹힐 것이다. 모든 의미들은 적막의 이빨에 씹힐 것이며 소리들은 적막의 목구멍으로 흘러들 것이다. 적막은 죽지 않았다. 죽기는커녕 적막은 펄펄 살아 있다. 나의 말들, 적막에 예민하게 반응한 것은 나의 말들이었다. 말들은 위협을 느꼈고 어디로 도망치고 싶었으나 갈 곳이 없었다. 왜냐하면 말은 이미 적막의 이빨 틈에, 적막의 커다란 아가리 속에 있었던 것이다. 말은 적막이 두렵다. 말은 적막이 두려워 말을 하고 또 말을 한다. 헛소리, 넌센스, 바닥 없는 농담, 무의 잠꼬대, 말은 무슨 말이라도 해야 한다. 누가 알아들을 수 없을지라도 말은 말을 하고 또 말을 해야 한다.

「포효」는 시집 『고비』에 실려 있는 작품이다. 다급한 말투로 적막 앞에서의 말, 입적入寂을 앞둔 말의 두려움을 다루어 보았다.

참고로, 기억해 둘 만한 첫 문장 몇 개를 소개한다.

1. 나는 몹시 난처했다. / 프란츠 카프카, 「시골 의사」

2. 어머니가 돌아가셨다. / 알베르 카뮈, 『이방인』

3. 저것은 군대다. / 레몽 크노, 『불행한 사람들』

4. 그곳은 늙은이들의 나라가 아니다. / 윌리엄 버틀러 예이츠, 「비잔티움 여행」

5. 나는 고양이로소이다. / 나쓰메 소세키, 『나는 고양이로소이다』

6. 국경의 긴 터널을 빠져나가면 설국雪國이었다. / 가와바타 야스나리, 『설국』

7. 줄은 무한한 점으로 구성되어 있다. / 호르헤 루이스 보르헤스, 『모래의 책』

8. 옛날 옛적에 이야기 하나가 있었다. / 바스코 포파, 「이야기에 관한 이야기」

9. 나는 말을 보았다. / 파블로 네루다, 「말」

10. 나를 데려가 다오. / 앙리 미쇼, 「나를 데려가 다오」

타악기와 시

나는 나무의 지혜를 뜻하는 나무학(xylosophie)이라는
단어를 만들어 냈다.
그때 나는 실로폰(xylophone, 木琴)이 내는 숲의 음악을
생각했다.
- 미셸 투르니에

무용수와 가수와 기타도 중요하지만 플라멩코에서 중요한 것은 퍼커션이라는 것을 뒤늦게 알게 되었다. 플라멩코는 타악기 중심의 공연이다. 거기서 가장 중요한 타악기가 바로 마루다. 텅 빈 마루. 무용수는 북채 같은 구둣발로 마루를 두드리며 춤을 춘다. 뜨거운 심장과 함께 펄떡거리는 춤, 심장은 북이다. 싱싱한 피를 내뿜는 북. 태양도 북이다. 날마다 새 빛을 내뿜는 눈부신 북. 언젠가는 나도 힘차고 빠른 리듬으로, 두근거리는 문체로, 내 숨결이 춤을 추는 시를 써 보고 싶다.

캐스터네츠

페데리코 가르시아 로르카

캐스터네츠,

캐스터네츠,

캐스터네츠,

딱정벌레의 또랑또랑한 소리.

손바닥

거미는

맑은 공기를 움켜잡으려고 이글거리다

숲의 소리 속에서 죽는다.

캐스터네츠,

캐스터네츠,

캐스터네츠,

딱정벌레의 또랑또랑한 소리.

새앙노트

백남준은 굿(굿판)에 관심이 많았다. 타악기 공연! 그는 언제나 최초의 퍼포먼스를 만들어낸다. 1965년 뉴욕 공연에서 첼리스트 샬럿 무어먼은 백남준을 안고 그의 몸을 연주했다. 백남준은 알몸의 악기가 되고 싶었던 것일까.(백남준은 어느 글에서 "문학과 미술에서 가장 중요한 주제 중의 하나인 섹스가 오로지 음악에서만 금기시된 이유는 무엇일까?"라고 물었다.)

멍게

멍청하게 만든다
무슨 말을 해야 할지
생각을 지워버린다

멍게는 참 조용하다
천둥벼락 같았다는 유마의 침묵도
저렇게 고요했을 것이다

허물덩어리인 나를 흉보지 않고
내 인생에 대해 충고하지 않는 것만으로도
멍게는 얼마나 배려 깊은 존재인가

바다에서 온 지우개 같은 멍게
멍게는 나를 멍청하게 만든다
무슨 말을 해야 할지 생각을 지워버린다

멍!
소리를 내면 벌써 입안이 울림의 공간
메아리치는 텅 빈 골짜기
범종 소리가 난다

멍

새앙노트

　나는 소주 안주로 멍게를 좋아한다. 눈이 안 보이는 멍게, 귀도 안 들리는 멍게. 멍! '멍'이라는 소리를 나는 좋아한다. 멍하니, 멍때리기, 멍청이, 멍텅구리. 멍게에는 돌멍게도 있고 비단멍게도 있다. 그 모습을 확대하면 범종을 닮았을까. 멍! '멍'으로 끝나는 논문을 쓴 교수가 있었다. 그는 책으로 넘치는 연구실에서 그 논문을 찾아 나에게 보여주더니 웃었다. (그분이 누군지는 밝히지 않겠다.)

저녁 범종소리

푸른 댓잎들도 흔들리지 않는, 바람 자는 숲속 길을 걷다가, 문득 범종소리를 들었다. 살아갈수록 멀어지는 진심眞心이 내 안에도, 진흙 속의 푸른 하늘처럼 펼쳐져 있음을 일깨우는 저 범종소리에, 이미 대나무며 상수리나무들은 다 깨달아 별스런 일도 없는데 오직 나 하나만 먹통으로 남아서 무쇠공 같은 업덩어리를 쪼개겠다고 벼르고 있는 것은 아닌지. 정말 나 하나만 천하의 먹통이라면, 저 범종소리는 다름아닌 무쇠공 같은 나를 깨기 위해, 저렇게 거듭거듭 울리고 있는 것이리라.

새앙노트

이 시는 의상 대사가 창건한 비슬산 옥천사에서 저녁 범종 소리를 듣고 쓴 것이다. 범종은 땅이 아니라 하늘을 위해 만들어진 것 같다. 비천상飛天像을 새겨 놓은 범종 소리는 대지를 짓누르는 중력을 뚫고 하늘로 날아오른다. 우주의 모음인 옴AUM 소리를 내면서 사방이 텅텅 열려 있는 허공을 향해 울려 퍼지는 소리. 하늘로 오르는 춤을 위한 묵직한 타악기, 그것이 범종 아닐까.

현악기와 시

내 칠현금七絃琴에는 죽음보다 가벼운 천 년이 실려 있다.
- 르네 샤르

옛날 방랑 시인과 음유 시인들은 가장 완벽한
시적 요소들을 지니고 있었다.
- 에드거 앨런 포

나는 오르페우스와 같이 삶이라는 현으로
죽음을 연주한다.
- 잉에보르크 바흐만

술자리가 벌어지면 도연명陶淵明은 칠현금을 안고 나타나 연주를 했다고 한다. 줄 없는 칠현금을 손으로 뜯었다고 한다. 이 이야기는 술을 너무나 즐겼던 도연명을 신비화하려고 후세 사람들이 지어낸 이야기인지도 모른다.

심금心琴을 울린다는 말이 있다. 마음속의 현악기, 그것은 볼 수도 없고 만질 수도 없지만 가슴을 할퀴고 지나가는 느낌들과 공명하면서 떤다.

칠현금 소리

이백

촉蜀나라 스님이 칠현금을 안고
서쪽 아미봉蛾眉峰에서 내려오셔서
나를 위해 줄을 퉁기시니
솔바람 소리 물소리를 듣는 것 같네
사바세계를 방황하는 한 나그네 마음 풀리고
메아리는 법종 소리처럼 은은히 퍼지는데
둘러보니 어느덧 벌써 저녁이구나
가을 푸른 산을 어둑어둑 에워싸는 구름들

새앙노트

이백의 어떤 시들은 구도를 의식하면서 쓰인 것 같다. 스님은 칠현금을 안고 서쪽 높은 산 아미봉에서 낮은 골짜기로 내려와 속세의 시인을 위해 칠현금을 연주한다. 마음속 현들을 뒤흔들어 놓는 칠현금 소리에 사바세계를 떠도는 시인의 마음은 풀리기 시작한다. 하지만 음악에 심취해 있다가 둘러보니 어느덧 가을 저녁이다. 칠현금 연주가 그친 뒤에 시선詩仙 이백의 시선視線은 한동안 서쪽 아미봉을 향하고 있지 않았을까.

뼈의 음악

만약 늑골들이 현이었다면, 그리고 등뼈가 활이었다면, 바람은 하나의 등뼈로 여러 개의 늑골들을 긁어대며 연주를 시작할 수도 있었을 것이다. 적막이라는 청중으로 꽉 찬 사막에서 뼈들의 마찰음과 울림은 죽은 늑대의 뼈나 말의 뼈와 공명할 수도 있었을 것이며 적막이라는 청중의 마음을 깊이 긁어놓았을지도 모른다. 내가 생각하는 뼈의 음악은 그렇다. 아무런 악보도 없이 뼈로 뼈를 연주해 텅 빈 뼈들을 뒤흔든다. 청중으로는 적막이 제일이고 연주자로는 바람이 적합하다.

새앙노트

백남준이 스승으로 여겼던 존 케이지는 무無와 공空에 큰 관심이 있었다고 한다. 그의 작품 〈4분 33초〉는 비어 있는 음악이다. 연주는 없다. 연주가 없는 시간에 세상의 소리들이 들려온다. 우연성의 음악은 그렇다. 음표들이 비어 있는 자리로 '지금 여기'의 소리들을 초대하는 것이다. 「뼈의 음악」은 시집 『고비』에 실린 작품이다. 사막이라는 텅 빈 무대에서 뼈들을 연주하는 바람의 공연을 상상해 보았다.

관악기와 시

들소뿔나팔 소리가 울려 퍼지면서 하늘의 검은 저승 사자들처럼 검독수리들이 날아온다. 조장鳥葬은 축제와 같다. 부족 사람들이 모여 노래를 부르고 춤을 추면서 죽은 자의 몸을 새들에게 나누어 준다. 새들에게 먹힘으로써 죽은 자의 영혼은 새가 되어 하늘로 날아오른다고 믿는 것이다.

음악
─마라의 〈죽은 아이를 추모하는 노래〉에 부쳐서

김종삼

일월日月은 가느니라
아비는 석공石工노릇을 하느니라
낮이면 대지에 피어난
만발한 구름뭉게도 우리로다

가깝고도 머언
검푸른
산줄기도 사철도 우리로다
만물이 소생하는 철도 우리로다
이 하루를 보내는 아비의 술잔도 늬 엄마가 다루는 그
릇 소리도 우리로다
밤이면 대해大海를 가는 물거품도
흘러가는 화석化石도 우리로다

불현듯 돌 쪼는 소리가 나느니라 아비의 귓전을 스치
는 찬바람이 솟아나느니라
늬 관棺 속에 넣었던 악기로다
넣어주었던 늬 피리로다
잔잔한 온 누리
늬 어린 모습이로다 아비가 애통하는 늬 신비로다 아

　　　　　　　　　　

비로다

　늬 소릴 찾으려 하면 검은 구름이 뇌성이 비 바람이 일
었느니라 아비가 가졌던 기인 칼로 하늘을 수없이 쳐서
갈랐느니라
　그것들도 나중엔 기진해 지느니라
　아비의 노망기가 가시어 지느니라
　돌 쪼는 소리가
　간혹 나느니라

　맑은 아침이로다

　맑은 아침은 내려앉고

　늬가 노닐던 뜰 위에
　어린 초목草木들 사이에
　신기神器와 같이 반짝이는
　늬 피리 위에
　나비가
　나래를 폈느니라

하늘나라에선
자라나면 죄 짓는다고
자라나기 전에 데려간다 하느니라
죄많은 아비는 따 우에
남아야 하느니라
방울 달린 은피리 둘을
만들었느니라
정성 드렸느니라
하나는
늬 관棺 속에
하나는 간직하였느니라
아비가 살아가는 동안
만지작거리느니라

　은피리 두 개를 만들어서 하나는 죽은 아이의 관 속에 넣어 주고,
하나는 자기가 간직해서 이따금 만지작거리는 아비의 슬픔.

종달새

보리밭 위 하늘로 날아오르는 종달새의 소리를, 귀 없는 보리들도 들으면서 자라는 것일까. 나는 나귀처럼 귀가 두 개 달려 있지만, 들을 수 있는 소리만 들을 수 있도록 귀가 생겨먹었다. 그렇다면 들을 수 없는 엄청난 우주의 소리들이 온몸을 섬광처럼 뚫고 지나가도, 나는 아무런 메시지도 받지 못하는 것이리라. 하여 우리의 감각은 반쪽이 떨어져 나갔거나 채워지지 않은 반쪽일 뿐이다. 그래서 세계는 늘 불확실하다. 세계는 불확실하고 우리들 무지의 영역은 광활하다. 때로는 그 무지가, 있는 것들을 경이롭게 하고, 있는 것들을 신비로운 분위기로 감싼다. 배음背音을 들을 수 없는 푸른 하늘을 배경으로, 태양을 금빛 후광으로, 종달새는 보리밭에 잔물결을 놓듯 지저귀고 있다. 즐거운 노래인지, 위험을 알리는 다급한 신호인지 모르겠으나, 종달새는 하늘의 악기처럼, 날개 달린 섬처럼, 하늘에서 지저귄다.

새앙노트

눈에 보이지 않아도 들리는 소리만으로 그 이름을 알 수 있는 새들이 있다. 자기 이름을 부르며 우는 새들. 뻐꾸기는 뻐꾹 뻐꾹 자기 이름을 부르며 운다. 뜸부기도 뜸북 뜸북 자기 이름을 부르며 운다. 꾀꼬리, 소쩍새, 부엉이, 따오기, 그런 새들과 역시 제 이름을 부르며 우는 맹꽁이, 개구리, 귀뚜라미를 모아서 숲속의 관현악단을 만들 때, 파이프 오르간처럼 우람한 나무들은 딱따구리가 연주를 해야 하는 것일까.

대담한 진술

"시인늘은 펑을 받기 위해 태어난 사람들이 아니다. 그들은 인용되어야만 한다." 미셸 투르니에의 말에 대해 나는 이런 댓글을 남기고 싶다. "시에는 인용해 두고 기억해 둘 만한 문장이 있어야 한다."

솔직히 나는 진술을 두려워한다. 공명이 일어나지 않는 진술은 죽은 진술이다. 훌륭한 진술은 시간과 공간을 뛰어넘어 전해진다. 나쁜 진술은 하루살이처럼 사라진다. 대담하지 않으면 진술은 힘을 잃는다. 길어질수록 진술은 늘어진다. 간결할수록 진술은 기억에 남는다. 솔직할수록 진술은 가슴 깊은 곳으로 파고들어 긁거나 할퀸다.

어느 날 고궁을 나오면서

김수영

왜 나는 조그만 일에만 분개하는가
저 왕궁 대신에 왕궁의 음탕 대신에
50원짜리 갈비가 기름덩어리만 나왔다고 분개하고
옹졸하게 분개하고 설렁탕집 돼지 같은 주인년한테 욕
을 하고
옹졸하게 욕을 하고

한번 정정당당하게
붙잡혀간 소설가를 위해서
언론의 자유를 요구하고 월남파병에 반대하는
자유를 이행하지 못하고
20원을 받으러 세 번씩 네 번씩
찾아오는 야경꾼들만 증오하고 있는가

옹졸한 나의 전통은 유구하고 이제 내 앞에서 정서情緒
로
가로놓여 있다
이를테면 이런 일이 있었다
부산에 포로수용소의 제14야전병원에 있을 때
정보원이 너스들과 스펀지를 만들고 거즈를
개키고 있는 나를 보고 포로경찰이 되지 않는다고

남자가 뭐 이런 일을 하고 있느냐고 놀린 일이 있었다
너스들 옆에서

지금도 내가 반항하고 있는 것은 이 스펀지 만들기와
거즈 접고 있는 일과 조금도 다름없다
개의 울음소리를 듣고 그 비명에 지고
머리에 피도 안 마른 애놈의 투정에 진다
떨어지는 은행나무잎도 내가 밟고 가는 가시밭

아무래도 나는 비켜서 있다 절정 위에는 서 있지
않고 암만해도 조금쯤 옆으로 비켜서 있다
그리고 조금쯤 옆에 서 있는 것이 조금쯤
비겁한 것이라고 알고 있다!

그러니까 이렇게 옹졸하게 반항한다
이발쟁이에게
땅주인에게는 못하고 이발쟁이에게
구청 직원에게는 못하고 동회 직원에게도 못하고
야경꾼에게 20원 때문에 10원 때문에 1원 때문에
우습지 않으냐 1원 때문에

　　　　　　　(대담한 진술)

모래야 나는 얼마큼 작으냐

바람아 먼지야 풀아 나는 얼마큼 작으냐

정말 얼마큼 작으냐……

새앙노트

　김수영은 가차없는 자기 폭로의 폭포로 독자를 끌어모은다. 거침없는 진술, 단호한 목소리. 김수영의 시작법은 허물과 모순덩어리인 온몸으로, 뜨거운 피를 내뿜는 심장으로, 자잘한 기교들을 등 뒤로 내던지면서, 수직의 폭포처럼 곧은 소리를 쏟아 내는 것이다.

물소가죽가방

문명엔 너의 죽음이 필요하다
네 뼈가
공업용 쇠뼈로 부서지고
네 육신이 포장육으로 나눠질 때
가죽공장 노동자들은 네 가죽에
무두질과 염색을 시작한다

가죽들의 무덤, 쇼윈도에 나타나는
물소

문명에 너의 식욕이 필요하다
숫자와 서류뭉치와
도장을 먹고
불룩해지는 가죽가방
이제 네 배 속에 풀물 든 내장은 없다
관청과 회사들 사이에서
음험한 뱃가죽을 내밀고 숨 쉬면서
너는 이제 도살의 음모에 가담한다
너의 숫자는
가방을 든 용병傭兵,
가방을 든 회사원만큼 불어난다

쇠뿔 달린 힘센 문명이여,
가방으로 물소들을 때려 죽여라

새앙노트

물소가 물소가죽가방이 되어 물소들을 때려 죽이는 아이러니. 보르헤스가 경험한 아이러니는 정말 끔찍하다. 아르헨티나 국립도서관장이었던 그는 눈이 점점 멀어 가며 「축복의 시」에서 이렇게 말한다. "책과 밤을 동시에 주신 신神의 놀라운 아이러니, 그 오묘함에 대한 나의 허심탄회한 심경을 눈물이나 비난쯤으로 깎아내리시지 말기를."

가면의 화자

미국 소설가 헨리 밀러는 대도시의 즐거움이 익명과 미로의 즐거움이라고 말한다. 가면무도회의 즐거움도 익명의 즐거움이 아닐까. 얼굴과 이름의 구속으로부터 벗어나 무아無我의 즐거움을 누리는 가면무도회, 춤을 추지만 나는 없다. 가짜 얼굴은 있어도 나는 없다.

시적 효과를 위해 가면의 화자가 필요할 때가 있다. 내숭과 능청의 목소리, 가짜 목소리를 내면서 시치미를 떼야 할 때가 있는 것이다. 한 편의 시라는 무대에 가면을 쓴 여러 화자를 등장시킬 수 있다. 또는 가면을 쓴 화자들이 돌아가면서 같은 말을 다른 말투로 연출해 낼 수도 있을 것이다.

존재하지 않는 여자

장 타르디외

(이빨 틈새로 새는 소리, 시끄럽고 퉁명스러우며,
째지는 듯한 비음의 날카로운 가성,
혹은 기계음 같은 AI의 목소리로)

– 뭐라고 말했지?
– 아무 말도 안 했는데.

– 뭘 하고 있었어?
– 아무 것도 안 했는데.

왜 아무 말도 안 하는 거야?
왜 아무 짓도 안 하는 거야?
왜 아무 생각도 안 하는 거야?

– 난 존재하지 않는 여자니까.

프랑스 시인 타르디외는 라디오 방송국에서 일한 적이 있다고 한
다. 가면의 화자들이 등장해서 퉁명스럽게 대화를 나누는 우스꽝스러
운 연극 무대를 상상해 보기 바란다.

일개미

우리는 사막의 일개미들
일을 해야 먹을 수 있다
사막에서 먹을 것을 구하는 것
그것이 우리 일개미의 일이다
그런데 오늘은 다른 일이 생겼다
큰 모래들이 집 안으로 굴러들어온 것이다
우리는 사막의 일개미들
너도 나도 큰 모래를 입에 물어 집 밖으로 던진다
던진 뒤에는 집 안의 큰 모래를 물어 집 밖으로 던지고
다시 들어와서 큰 모래를 입에 물고 집 밖으로 나가 멀리 던진다
우리는 사막의 일개미들
일을 해야 먹을 수 있다
왕은 모르리라
사막이 뜨거워질수록
우리의 발걸음이 점점 빨라진다는 것을
발바닥이 뜨거워도 우리는 일을 해야 한다
허리가 끊어진 뒤에도 남은 일을 해야 한다고
우리는 배웠고 왕은 가르치셨다

오늘의 일은 모래나르기
내일은 먹을 걸 찾아 사막으로 나가야 한다
사막에서는 살 한 조각이 귀하다
먹을 게 없으면
우리는 버려진 왕의 시체라고 끌고 와야 한다

새앙노트

연극이다. 무대는 사막. 조명, 해가 이글거린다. 은빛 일개미들 등장. 일개미들을 은빛 더듬이가 달린 외계인의 이미지로 분장시킬 것. 목소리는 기분 나쁜 기계음. 소품은 바위 덩어리만 한 모래알. 발바닥이 뜨겁기 때문에 사막 일개미들의 발걸음은 무척 빠르다.

죽은 해마

밥을 먹다가 보았다
새우젓 사발에 꼬부라져 누워 있는 해마
해마 새끼를
꼿꼿이 서서 헤엄쳐 다녀야 할 해마가
최초로 이렇게
절여진 슬픈 꼴로 눈앞에 나타나다니
하지만
해마는 기다려 왔는지 모른다
자기를 시집에 넣어달라고
나는 기꺼이 시집에 넣겠다
죽은 해마를 위해
다음과 같이

사발에 누워 있다가 보았다
밥을 먹고 있는 남자
밥맛이 없어 보이는 남자를
하필이면 저런 꾀죄죄한 인간이
저승의 옥졸마냥
나를 방망이로 뒤적거리고 있다니
하지만
그는 기다려 왔는지 모른다
해마라는 한 편의 시를
나는 기꺼이 시가 되어 주겠다
아직 살아 있는 남자를 위해
다음과 같이

전생에 나는 해마였다 아버지의 배주머니 속에서 아버지의 간섭을 받아야했다 이제 나는 그 누구의 간섭도 받지 않는다 고래의 너털웃음에 공포를 느끼지 않는다 멍게의 울음에 연민을 느끼지 않는다 온갖 해마적인 감정이 증발하였다 내가 살던 해마의 마을에 평화가 왔는지 알 수가 없다 그물의 그물코가 넓어야 개네들이 해마답게 살 텐데…… 새우그물은 얼마나 촘촘하고 튼튼했는지 새우들의 이마뿔이 부러지고 왕새우의 왕초도 구멍 하나 뚫지 못했다 정작 구멍이 뚫린 것은 내 살이다 요즘 나는 계속 해체되는 중이다 하기야 내 살은 바다가 잠시 빌려줬던 것이니까 해체되면서 성하聖河의 흐름을 따를 수밖에 없다 자 그럼 절여진 해마는 이만 안녕

새앙노트

1연의 화자는 '나', 2연과 3연의 화자는 해마다. 해마는 발 없이 서 있는 모양새로 둥둥 헤엄쳐 다니는 물고기다. 캥거루나 코알라와 달리 해마는 암컷이 아닌 수컷에게 새끼주머니가 있다. 수컷 해마는 여기서 자식들을 기른다. 해마 가면을 쓰고 무대 위에 둥둥 떠 있는 해마의 자세로, 해마의 목소리로 이 시를 낭독해 보면 어떨까.

고백체

사뮈엘 베케트의 희곡 「크라프의 마지막 테이프」는 날의 슬픈 울림이 인상적이었다. 릴 테이프가 니힐(허무의) 테이프처럼 돌아가고, 테이프 속에서 지난날의 내 목소리가 들려온다. 과거 속을 떠돌고 있는 내 목소리, 그 유령 같은 목소리를 듣고 있는 현재의 나. 「크라프의 마지막 테이프」는 현재의 과거와 과거의 현재가 한 무대 위에 공존하는 작품이다. 베케트가 릴 테이프로 풀어내는 고독이라는 주제를, 윤동주는 벽 앞에서의 혼잣말처럼 절망적으로 드러낸다. 그의 시는 때로 밖을 향하지 않는 언어, 단절의 언어, 소외의 언어, 고독한 혼잣말, 감옥 안에서 메아리치는 독백의 언어로 느껴진다.

뒤돌아본 인생

에우제니오 몬탈레

우리가 여섯 살 적에는
우리는 집짓기를 하며 놀았다.
우리가 열네 살이 되었을 때는
우리는 패쌈을 하고 놀았다.
그리고 우리가 스무 살이 되었을 때는
우리는 사랑의 열병을 앓았다.

그리고 서른 살이 되었을 때는
어린애들을 가졌고

서른다섯 살이 되었을 때는
우리는 뭇솔리니를 만나야 했다.

그리고 또 마흔 살이 되었을 때는
우리는 잿더미 속에서 C레이숀을 구걸해야 했고

쉰 살이 되었을 때는
곧잘 살 수가 있었다.

그리고 예순이 되었을 때는
담석증을 앓아야 했고

그리고 일흔이 된 이제는

우리는 우리를 더 이상 우리하고 부를 수가 없게 되었다.

주세페도, 카를로도, 그리고 나의 아내도 이미 세상을
뜬 것이다.

몬탈레는 이탈리아 시인이다. 지중해의 산책자, 그는 해변에서 시
의 소재를 얻어 「지중해」처럼 스케일이 큰 작품을 남겼다. 젊은 날
나는 「지중해」가 왜 장엄하게 느껴지는지 분석해 본 적이 있다. 지중
해의 산책자 몬탈레가 전하는 바다의 장엄한 설법은 이런 내용인 것
같았다. 지중해의 한 조각 물거품처럼 내 육신이 사라져도 내 안의
지중해는 죽지 않는다.

얼음의 자서전

나는 얼음학교를 다니면서 얼음이 되어버렸다. 세상은 냉동공장이었다. 아버지, 선생, 독재자, 하느님에 이르기까지 얼음생산에 열심이었다. 결빙으로 딱딱해진 스무 살 이후에는 눈물샘마저 얼어붙었다. 나는 얼음의 성城이었다. 하얀 빙벽을 두른 고독으로 얼음의 자아를 고집했다. 아무도 내 안으로 들어올 수 없었다. 사랑의 불길조차 나에 닿으면 꺼져버렸다. 빙벽의 시간 속에서 가족들은 나를 어떻게 생각했을까. 거만하다고 말하지는 않았지만 거만하다고 생각지 않았을까. 얼음동굴의 얼음도끼들, 내 수염이었던 고드름들, 결빙의 세월을 길게도 나는 살아왔다. 빙하기로 기록해 둘 만한 자아의 역사!

'얼음도끼'에 대해 말하고 싶다. 로버트 프로스트는 시 「불과 얼음」에서 세상이 불로 망할 수도 있지만 얼음으로 망할 수도 있다고 경고한다. '얼음도끼'! 차디찬 증오와 적개심과 폭력으로 세상이 멸망할 수도 있는 것이다.

대화체

나는 우화를 쓰면서 우화의 재미가 대화에서 비롯되는 면이 있다는 것을 알게 되었다. 우화 속에서는 모든 것과 대화할 수 있다. 말머리성운과 개미의 대화, 코끼리와 이슬의 문답, 조약돌과 뭉게구름의 귓속말, 이 모든 대화가 가능하다.

우화에서는 나 아닌 것들이 모두 서로 대화하도록 만들 수 있고, 그 대화 속에서 세상에 나 아닌 것은 없다는 사실을 깨닫게 할 수도 있다.

아낙네들

기욤 아폴리네르

아낙네들이 포도농장 집에서 바느질을 한다.

– 렌첸아, 난로에 석탄을 더 넣어. 그리고 커피 물을 올려 놓으렴. 불을 쬐더니 고양이가 하품을 하네. 그 얘기 들었니. 게르투르트가 옆집 마르틴과 결혼한대.

새장 속에서 꾀꼬리는 노래를 하려다
올빼미가 울자 몸을 부르르 떤다.
– 저기 저 눈 맞고 있는 삼나무가 먼 길 떠나는 교황님 같구나.
– 우체부가 길 가다 말고 새로 온 선생과 무슨 이야기를 하고 있어.
– 올 겨울은 너무 추워. 내년에는 포도가 맛있겠어.
– 성당 종지기 귀머거리 영감 있잖아. 곧 죽을 것 같대.
– 이장집 딸 말이야. 걔가 신부님이 축제일에 쓸 별꽃을 수놓고 있다는군.

바람이 불자 길 건너 숲이
성당의 파이프오르간처럼 장엄한 소리를 낸다.
꿈 헤어 트라움과 그의 누이 프라우 조르게가 오고 있다.
– 캐티야, 양말을 이렇게 엉성하게 기우면 어떡하냐. 커피랑 버터랑 타르틴을 좀 가져오렴. 그리고 마멀레이드랑

돼지기름이랑 우유단지도.

― 렌첸아, 커피를 더 따라줄래.

― 그것 참. 바람이 라틴어 문장을 읽는 거 같아.

― 렌첸아, 커피를 더 따르라니까.

― 로테야, 너 왜 슬픈 표정이니. 너 혹시 사랑에 빠진 거 아니니?

― 아니에요. 난 나밖에 사랑하지 않아요.

― 쉿! 할머니께서 지금 묵주신공을 바치고 있나 봐.

― 왜 기침이 나지. 레니야, 얼음사탕 좀 가져올래.

― 피에르가 흰 담비를 데리고 사냥을 나가고 있어.

바람이 불자 전나무들이 원무를 추는 듯하다.

― 로테야, 사랑은 슬픈 거란다.

― 일제야, 인생은 달콤한 거란다.

밤이 오고 있다. 뒤틀린 포도나무들이 흰 눈 속에 해골들 같다.

하얀 수의 같은 눈들,

마을의 개들이 웅크린 나그네들을 보고 짖어댄다.

　　　　　　　(대화체)

– 그 영감이 죽었나 봐.

교회의 종이 뎅그렁 뎅그렁 종지기 노인의 죽음을 알린다.

– 리제야, 불 좀 봐라. 난로가 식어가는 거 같아.

어둑어둑한 고요 속에서 아낙네들이 성호를 긋는다.

새앙노트

새로운 시의 형식에 관심이 많았던 아폴리네르는 대화시를 주장하기도 했다. 이 작품은 '바느질의 문체'로 평범한 일상 속 아낙네들의 대화를 황량한 겨울 풍경 위에 수놓으려 한 듯하다.

눈사람 통역사

눈사람을 처음 본 아랍 왕족이 비서에게 말했다.

"눈사람 통역사를 불러오게."

비서가 말했다.

"그런 통역사는 없습니다."

아랍 왕족이 짜증을 냈다.

"그럼 내가 눈사람과 말을 못하잖아."

비서가 말했다.

"통역사가 있어도 눈사람이 말은 통역이 안 됩니다."

아랍 왕족이 물었다.

"왜?"

"눈사람은 혀가 없습니다."

아랍 왕족이 악수를 청하려고 보니 눈사람에게 팔이 없었다.

새앙노트

　언젠가 이 행성과 저 행성 사이의 대화도 가능해질까. 시간과 공간을 뛰어넘어 오래도록 전해지는 대화가 있다. 잘 잊히지 않는 묘한 대화. 다음은 석가 노인과 돼지를 메고 지나가던 사람의 대화다.

　"그게 뭔가?"

　"온갖 지혜를 갖춘 부처님이 돼지도 모르십니까?"

　"그러기에 물어보는 거네."

잠언체

니체가 쓴 『차라투스트라는 이렇게 말했다』의 매력은 아포리즘적 문체에 있다. 우리를 획일화하고 어리석음으로 이끄는 최면술 같은 잠언이 아니라, 우리의 어리석음을 불태워 버리는 지혜의 횃불 같은 잠언들을 우리는 언제 어디서 만나야 하는 것일까. 괴테는 이렇게 말했다. "인생은 짧은데 하루는 길다."

한비자韓非子

도연명

큰 여우는 굴속에 숨어 살아도
아름다운 털 때문에 죽임을 당하는 법.
군자君子도 때를 만나지 못하면
머리가 희어지도록 관문이나 지켜야 하지.
잔꾀 많은 행동은 재앙을 부르고
뛰어난 언변은 화를 부르는 법.
불쌍하구나, 한비자여
결국은 연설하러 다니더니 죽는구나.

새앙노트

　　도연명은 호방한 기질이 있어 관직을 그만두고 시골에서 가난하게 살며 시를 썼다. 그의 시작법은 있는 그대로 쓰는 것이다. 사는 모습대로, 자기 검열 없이 마음 내키는 대로 쓰는 것이다. 꾸밈도 없고 과장도 없다. 있는 그대로 진솔하게 진술한다. 술과 음악과 시를 사랑하면서, 풍류를 헐값으로 누리면서.

인식의 힘

절망한 자들은 대담해지는 법이다 ―니체

도마뱀의 짧은 다리가
날개 돋친 도마뱀을 태어나게 한다

새앙노트

괴테의 『서동시집』에 잠언 시편이 있다. 유머가 넘치는 시편 중에서
기억에 오래 남는 시 한 편을 소개한다.

아무나 노래하고 이야기를 한다는 게
솔직히 마음에 안 든다.
누가 시를 세상에서 몰아내고 있는가?
그거야 물론 시인들이지.

토마토와 무

붉은 토마토를 먹고서도 내가 거대한 토마토로 변신하지 않는 것은 토마토가 나를 먹기 전에 내가 먼저 토마토를 집어삼켰기 때문이다. 몸에 흡수된 토마토는 신비로운 통일체인 내 몸의 부분이 된다. 어제는 등 푸른 물고기 한 마리가 내가 되었다. 나는 어떻게 몸 안으로 들어오는 것들을 나로 만드는 것일까. 수많은 무아無我의 세포들, 그걸 담고 있는 나는 무수한 나이면서 하나인 나일 것이다. 절대인 무無가 늘 관통하며 나의 안팎에 펼쳐져 있어도 나를 넘어선 무가 대체 무엇인지 끝까지 모르는 나, 그 무가 곧 나라면, 나는 지금 온 우주를 감싸 안고 있음에 틀림없다. 나를 넘어선 나와, 나를 넘어선 나 안의 나를, 꿰뚫어 하나 되게 하는 체험, 그것이 내게 필요하다.

새앙노트

처음에 그는 자기에 대해 시를 썼다. 그 다음에는 자기 아닌 것들에 대해 시를 썼다. 그리고 어느 날 문득 나라는 것은 없다는 생각을 하게 된 뒤로, 그는 자기 아닌 것들에 대해 쓰는 것이 바로 자기에 대해 쓰는 거라는 걸 알게 되었다.

선가禪家에는 이런 말이 전해진다. "성인은 자기가 없기 때문에 자기 아닌 것이 없다." 성인뿐만 아니라 자기가 없는 시인은 어디에서나 자기의 얼굴을 보면서 이렇게 쓸 수도 있지 않을까. 잠언의 문체로, 다음과 같이.

땅강아지가 나이니라. 달빛이 나고 모든 별들이 나이니라. 모든 음식이 나이니라. 동그랑땡이 나이니라. 모든 노래, 모든 웃음과 울음소리가 나이니라.

    (잠언체)

대조법

- 니카노르 파라

건배. 사랑이여, 건배!
떨어지는 모든 것과 피어나는 모든 것에.
- 파블로 네루다

대조법의 효용성에 대해 에드거 앨런 포는 이렇게 말한다. "대조법은 궁극적으로 시의 인상을 강렬하게 하는 효과가 있다." 시인들은 대조법에 익숙하다. 상반되는 낱말들과 모순되는 진술들을 배치함으로써 또는 서로 충돌하는 이미지들을 병치함으로써 시는 역동적이면서 기억할 만한 언어가 된다.

나의 어머니

베르톨트 브레히트

어머니가 죽었을 때
사람들은 어머니를 땅속에 묻었다.
꽃이 피고 나비가 그 위를 날아간다.
몸이 가벼운 어머니는 땅을 누르지 않았다.
이렇게 가볍게 되기까지
어머니는 얼마나 무거운 고통을 짊어졌을까.

새앙노트

산 사람은 무겁다. 죽은 사람은 가볍다. 땅속은 어둡다. 하늘은 밝다. 뿌리가 어둠을 향할 때 꽃은 태양을 향한다. 매장, 화장, 수장, 조장, 수목장. 무소속의 영혼에게는 어떤 장례가 덜 외로울까. 가느다란 발에 향기로운 꽃가루를 묻히고 나비가 훨훨 날아간다. .

(대조법)

대설주의보

해일처럼 굽이치는 백색의 산들,
제설차 한 대 올 리 없는
깊은 백색의 골짜기를 메우며 굵은 눈발은 휘몰아치고,
쬐그마한 숯덩이만한 게 짧은 날개를 파닥이며……
굴뚝새가 눈보라 속으로 날아간다.

길 잃은 등산객들 있을 듯
외딴 두메마을 길 끊어놓을 듯
은하수가 펑펑 쏟아져 날아오듯 덤벼드는 눈,
다투어 몰려오는 힘찬 눈보라의 군단,
눈보라가 내리는 백색의 계엄령.

쬐그마한 숯덩이만한 게 짧은 날개를 파닥이며……
날아온다 꺼칠한 굴뚝새가
서둘러 뒷간에 몸을 감춘다.
그 어디에 부리부리한 솔개라도 도사리고 있다는 것일까.

길 잃고 굶주리는 산짐승들 있을 듯
눈더미의 무게로 소나무 가지들이 부러질 듯
다투어 몰려오는 힘찬 눈보라의 군단,
때죽나무와 때 끓이는 외딴 집 굴뚝에
해일처럼 굽이치는 백색의 산과 골짜기에
눈보라가 내리는 백색의 계엄령.

시의 역동성을 위해 쌍대雙對를 사용할 때가 있다. 쌍대! 상대성의 세계에는 짝이 있다. 흑과 백, 하늘과 땅, 빛과 어둠, 밀물과 썰물, 선과 악, 텅 빔과 붐빔, 멀고 가까움, 음과 양 등등. 숱한 쌍대가 서로 껴안고 돌아가는 세계를 우리는 우주라고 부른다. 그리고 그 우주를 자기 뱃속에 담고 있는 하나의 이름, 짝이 없는 이름을 우리는 절대성이라고 부른다.

까마귀

까마귀는 얼마나 착한 새인가. 그는 죽은 것들을 먹어 치움으로써 살생을 하지 않을뿐더러 냄새나는 부패물들을 청소한다. 펄펄 살아있는 낙지나 보리새우를 마치 싸우듯이 먹어대면서 땅위를 두 발로 걸어 다녀야 하는 머리 검은 사람으로서, 나는 까마귀를 숭고한 존재라고 생각한다. 그들은 청정한 새들이다. 물 흐린 늪에서 피어나는 연꽃만큼 청정한 느낌을 주지는 않지만, 까마귀는 칠흑의 밤기운이 윤기 있게 응고된 듯, 아름다운 몸빛과 탄력 있는 몸매를 갖고 있다. 그리고 비록 목소리가 탁하기는 하지만, 그들 역시 하늘의 가수들이다. 그 검은 새가 날아가는 낮에는, 해도 더 환하다. 그런 까마귀들에게 침을 뱉거나 돌멩이를 던지는 것, 그건 정말 어린 애들 짓이다.

새앙노트

까마귀 이름들 중에는 세발까마귀도 있고, 금까마귀도 있다. 금까마귀는 캄캄한 밤하늘을 날아야 눈부신 멋이 있고, 세발까마귀는 금빛 태양 속으로 몸을 감춰야 신비스러운 멋이 있다. 대조법을 생각하면 그렇다.

넙치눈이 기법

○

만일 진실이 단 하나라면 동일한 주제로
여러 점의 그림을 그리는 것은 불가능할 것이다.
- 파블로 피카소

넙치는 두 눈이 한쪽 뺨에 붙어 있다. 그리고 두 눈은 서로 다른 쪽을 바라본다. 어긋나는 시선. 한 쪽 눈이 뭔가에 집중할 때, 다른 쪽 눈은 그냥 한눈팔아도 된다. 툭눈이는 금붕어요, 왕눈이는 호랑이다. 오목눈이는 새요, 네눈이는 개다. 넙치눈이는 사시斜視를 말한다. '넙치눈이 기법'은 어긋난 두 눈으로 대상을 여러 관점에서 보려고 한다.

검은 새를 바라보는 열세 가지 방법

월리스 스티븐스

1

눈 쌓인 스무 개의 산봉우리들
움직이는 것은 단 하나
검은 새의 눈동자

2

나는 세 가지 마음을 갖고 있어
나무에 앉아 있는
세 마리 새처럼

3

가을 바람 속에서
검은 새가 선회한다
팬터마임극의 한 장면처럼

4

남자와 여자는 하나다
남자와 여자와 검은 새는
하나다

5

억양의 아름다움과 암시의 아름다움 중에서
어느 것을 더 좋아해야 하는 것일까
검은 새가 휘파람을 불고 있다

6

긴 고드름들이 유리창으로 내려왔다
검은 새의 그림자가
창문을 왔다 갔다 한다
그 그림자 속에서 마음은
무슨 이유를 더듬거리고 있다

7

오, 해덤의 어리석은 남자들이여
왜 그렇게 황금새를 잡으려 하는가
여자들의 발치를 따라다니는
검은 새가 보이지 않는가

8
나는 고상한 어조와 본능적인 리듬을 알고 있다
그리고 이런 것도 알고 있다
내가 아는 것 속에
검은 새가 살아 있다는 것을

9
검은 새가 내 시야에서 사라졌다
헤아릴 수 없는 원들의
한 가장자리로

10
파랑 속에서 날고 있는 검은 새
목소리 좋은 뚜쟁이들이
탄성을 지를 수도 있으리라

11
그는 유리마차를 타고
코네티컷을 지나가고 있었다
때로 공포가 그에게 덤벼들었으나
그건 착각이었다

그는 마차의 장신구의 그림자를
검은 새로 보았던 것이다

12
강물은 흘러간다
검은 새가 날고 있으리라

13
저물 무렵이었다
눈이 내리고 있었다
그리고 또 눈이 내릴 것이었다
검은 새가 삼나무 가지에 앉아 있었다

새앙노트

　이 시는 검은 새를 바라보는 열세 가지 방법을 제시하고 있지만 방법은 그보다 훨씬 많을 수도 있다. '넙치눈이 기법'을 뛰어넘는 '올빼미눈 기법'이 있다고 하자. 올빼미는 머리를 270도 이상 돌려 세상과 사물을 다각도로 바라볼 수 있다. '올빼미눈 기법'을 사용한다면 「검은 새를 바라보는 333가지 방법」을 쓸 수도 있지 않을까.

넙치

1

허공으로 치솟은 오피스텔은
거대한 캐비닛을 연상시킨다.
그 지하상가 수족관 바닥의
넙치가
무엇을 내다보고 있는지는 불확실했다.
그러나 내다보고 있었다.

2

오른쪽 뺨에 눈이 없구나.
넙치,
한쪽 뺨은 영원한 밤이다.

3

왼쪽 오른쪽으로 나누어졌던 눈을
한곳에 모으느라
넙치는 얼마나 고통스러웠을 것인가.
눈알 하나를 밤마다 끌어당겨
왼뺨으로 옮긴 뒤
넙치는 원했던 사시斜視가 되어버렸다.

4

넙치 눈은
배꼽을 쏙 빼닮았다.
눈도 배꼽처럼

단절의 흉터인가.
껌벅거리는
흉터,
시선은
남아 있는 탯줄,
한없이 뻗어나가는 투명한 탯줄?
엇갈리면서
뒤 없는 투명함을 마중니기는.

5
비로소 바닥에
옆으로 누울 수 있게 된 물고기의
베개가 없다.

6
나는 그 변신을 이해했다. 오해한 것인지도 모른다. 그러나 적어
도 이해한 것이라고 생각한다.

수족관에서의 일이다. 어제는 바닥에 넙치가 있었다. 혼자였다.
공기방울이 부글부글 끓어오르고 있었다. 수면으로 떠오른 기포들
은 물거품의 층을 형성했다. 그것은 텅 빈 회갈색 안구들 같기도 했
다. 오래 가지는 않았다.

어제 넙치가 있던 바닥에 오늘은 벽돌이 놓여 있다. 넙치가 벽돌
로 변신하는 것은 이해하기 힘든 일이다. 그러나 나는 이해했다. 오

   (넙치눈이 기법)

해한 것인지도 모른다. 그러나 적어도 이해한 것이라고 생각한다.

7
거대한 캐비닛을 연상시키는
밤 오피스텔 타일 벽마다
배꼽 같은 넙치 눈들이 잔뜩
돋아났다고 하자. 그것은 보석이 아니라
서치라이트처럼 움직이면서
어두운 하늘로 빛을 쏘아댈 것이다.
그렇기는 하나
고독한 발광에
허공이 눈 하나 깜짝거리기나 할까.
그러나 발광할 것이다.

새앙노트

넙치 연작시 300편을 쓸 수 있다면 그 어떤 시도 쓸 수 있지 않을까. 바스코 포파의 연작시들은 재미있다. 신화의 샘에서 흘러넘치는 상상력으로 그는 삼각형, 조약돌, 늑대에 관한 연작시를 쓴다. 그 제목들을 열거해 본다.

흰 조약돌. 조약돌의 심장. 조약돌의 꿈. 조약돌의 사랑. 조약돌의 모험. 조약돌의 비밀. 두 조약돌. 절름발이 늑대에게 경의를. 늑대의 대지. 늑대의 눈. 늑대들의 계부. 암늑대의 그림자. 늑대들의 표식 아래서. 늑대의 조상.

연극적인 시

피카소 이전에는 연극에서 무대 장치는 그리
중요하지 않았다.
그런데 그가 참여하면서부터 사정은 달라졌다.
- 장 콕토

내가 전혀 시적이지 않다는 것을 나는 알고 있다.
하지만 시가 없다면 연극이 아니기 때문에
나는 시적으로 되어야 했다.
- 외젠 이오네스코

자코메티는 사뮈엘 베케트의 희곡 「크라프의 마지막 테이프」가 상연될 때 소품으로 쓰였던 앙상한 나무 한 그루를 제작했다고 한다. 그리고 베케트는 시인 몬탈레의 작품에 관심이 깊었다고 한다. 자코메티와 베케트와 몬탈레는 모두 나의 시에 영향을 준 예술가다. 그들이 다룬 주제는 주로 고독과 절망과 허무였다.

앙토냉 아르토는 '잔혹 연극'이라는 연극 이론을 제창했다. 그는 연극이 현실을 재현하는 도구나 특정한 메시지를 전달하는 수단이 아니라, 관객의 신체와 정신에 영향을 미치는 사건이 되어야 한다고 생각했다. 그에게 관객은 연극을 보는 사람이 아니라 사건에 휘말리는 사람이었다. 아르토는 자신이 시인이자 배우인 것 역시 시가 쓰거나 낭송하는 게 아니라 몸으로 겪고 살아 내야 하기 때문이라고 말했다.

통영統營

백석

옛날엔 통제사統制使가 있었다는 낡은 항구의 처녀들에
겐 옛날이 가지 않은 천희千姬라는 이름이 많다

미역오리같이 말라서 굴껍질처럼 말없이 사랑하다 죽
는다는

이 천희의 하나를 나는 어느 오랜 객주집의 생선 가시
가 있는 마루방에서 만났다

저문 유월의 바닷가에선 조개도 울 저녁 소라방등이
불그레한 마당에 김 냄새 나는 비가 나렸다

백석의 시「통영」을 읽다가 나는 문득 이 작품이 연극을 의식하고 쓰인 작품이라는 생각을 갖게 되었다. 이야기에 큰 갈등이나 극적인 전개는 없지만 연극의 한 장면처럼 무대가 선명하게 떠올랐던 것이다.

무대: 객주집 마루방

등장인물: 천희와 나

조명: 불그레한 소라방등

음향: 조개 울음소리

소품: 생선 가시

후각 이미지인 김 냄새 나는 비, 시각 이미지인 소라방등이 불그레한 마당과 더불어 청각 이미지로 조개 울음소리가 등장한다. 조개는 어떤 울음소리를 낼까. 조개는 자기 입을 틀어막고 숨죽여 울지 않을까. 소품은 생선 가시. 마루방에서 앙상한 뼈를 놓고 마주 앉은 천희는 "미역오리같이 말라서 굴껍질처럼 말없이 사랑하다 죽는다"고 전해지는 항구의 처녀들 중 하나다. 과연 백석은 이런 연극적인 밑그림을 그려 놓고 머리로 플롯을 짜면서 시를 썼을까.

의자의 수렁

삐꺽거리는
의자에 앉아
꺼져가는 사람은
팔걸이에 늙은 팔을 걸치고
추억을 되새김질하며 수렁으로 꺼져간다
배꼽 구멍쯤이 수렁에 잠긴 당신과
목구멍이 수렁에 파묻히는
나, 그 다음엔
삼켜진 우리들을 수렁이
물과 진흙으로 주무르기 시작한다
삐꺽이는 의자에 앉아
꺼져가는 사람은
머리를 뒤로 젖혀 한숨을 쉰다
토막난 탯줄 삼킨 밤의
어둠이 흘러드는 입술

그토록 빈 말을 거품처럼 늘어놓은 입과
부글대던 귀 사이의
뻑뻑해진 근육을 잡아당기며
소리친다
아, 안 돼, 이렇게 꺼져갈 순 없어!

새앙노트

　「의자의 수렁」은 부조리 연극의 영향 속에서 쓰게 된 시다. 앞선 예술가들로부터 영향을 받지 않는 작가는 없다. 영향 속에 안주하면 아류가 되고, 그 영향을 뛰어넘어야 유니크한 예술가로 태어날 수 있다. 미국 문학 비평가 해럴드 블룸의 저서 『영향에 대한 불안』은 아류들을 위한 책이 아니다. 아류들은 영향에 대한 불안이 없다.

그로테스크

카프카의 소설은 '차가운 그로테스크'로 불린다. 그의 일기를 보면 그가 얼마나 자아와 세계의 불일치로 고통스러워했는지 짐작할 수 있다.

"붕괴. 잠을 잘 수도, 깨어날 수도 없다. 인생을, 정확히 말해 삶의 연속을 견딜 수가 없다. 시계들은 제각각으로 움직인다. 내면에서는 악마적이거나 요사스럽게, 어쨌든 비인간적인 방식으로 움직이는 반면, 외부에서는 일상적인 방식으로 더디게 흘러간다."

독일 문학 비평가 볼프강 카이저는 그의 저서 『미술과 문학에 나타난 그로테스크』에서 그로테스크에 대한 마지막 정의를 이렇게 내린다. "그로테스크의 창작은 현세에 깃들어 있는 악마적인 무언가를 불러내 그것을 정복하는 일이다." 초현실주의의 선구자 로트레아몽의 천재성은 악마성에 있다. 그는 잔인함의 환희를 그리기 위해서 185종류의 동물을 등장시켜, 살을 찢어 피를 흘리게 하고 비명이 터져 나오게 한다. 그의 시집 『말도로르의 노래』는 그로테스크한 지옥도다. 그것은 '기괴함의 거장, 무의식의 발견자'로 불리는 히에로니무스 보스가 그린 기괴한 그림들보다 더 섬뜩하고 끔찍하다.

늑대들의 표식 아래서

바스코 포파

마을 사람들은 고속도로에서
텅 빈 마차에 묶인 채
목이 찢어져 있는 말들을 발견했다

그리고 뽕나무 꼭대기에서는
하얀 양으로 변신한 상인을 발견했다

늑대들은 인간의 살 냄새가 나는
과일나무를 돌면서 밤새도록 춤을 추었다

할머니는 나에게 이렇게 말한다
너도 그 꼬리가 길쭉한 춤꾼들과
입씨름하는 법을 잘 알고 있을 걸

나는 할머니의 날카로운 이빨들을 들여다보며
할머니의 웃음소리의 의미를 알아내려고 애쓴다

그러곤 뒷마당으로 달려가
눈 쌓인 배나무 위로 올라가서
울부짖는 연습을 한다

　잔잔했던 의식에 풍랑을 일으키면서 우리의 고정 관념을 뒤엎어
버리는 기괴한 이미지들, 대담한 진술들. 바스코 포파의 작품은 그렇
다. 상식에 길들여지며 사육된 것 같은 의식의 울타리를 물어뜯으면
서 무너뜨린다. 예기치 않았던 시원한 바람을 몰고 오는 시인, 그의
본능에는 개가 되기를 거부하는 푸른 늑대의 영혼이 살아 있었던 것
일까.

인어에 대한 상상

지하철 양재역에서
말죽거리 시장 쪽으로
하반신을 통째 고무가죽으로 싼 한 남자가 포복한다
동전 몇 닢 담긴 그릇을
보도블록에서 보도블록으로 밀고 가는
그 느림은 지루하고
고통스럽다
양서류적인 상상력에서
인어들이 태어났다고
나는 생각한다
하반신이 물고기인 인어가 있는가 하면
물고기대가리에 인간의 하체가 달린 인어도 있다
그 두 인어가 바닷가에서
결혼식을 올린다고 상상해 보라
기념사진을 찍어도 그 부부만큼
그로테스한 고독이 있을까

새앙노트

초현실주의 화가 르네 마그리트의 그림 중에 황량한 해안으로 떠밀려 온 인어 한 마리를 그린 작품이 있다. 한 마리 인어라고 해야 할지, 한 명의 인어라고 해야 할지, 아가미가 달린 그 인어는, 인어人魚인지 어인魚人인지, 물고기 머리에 사람의 하반신을 갖고 있다. 남자인지 여자인지 모르겠다. 아무튼 어울리지 않는 두 인어의 결혼식과 신혼여행을 상상해 보라.

초현실적인 환상

그림에 관한 한 나의 순수한 포부는 강렬하고 심히
광적인 정밀함을 지닌, 구체적인 부조리의 구체화된
정신적 이미지에 있다.
- **살바도르 달리**

어느 날 밤에 나는 새가 잠든 새장이 있는 방에서 자다 깼다. 크
나큰 착각이었지만 나는 새장 속에 새 대신
알이 놓여 있는 것을 보았다.
그 순간 나는 새롭고 놀라운 시적 비밀을 깨달았다.
- **르네 마그리트**

소중하게 간직하고 있는 화집 한 권이 있다. 초현실주의의 아버지로 불리는 조르조 데 키리코 화집이다. 이 책은 좀 이상한 물건이다. 내 서재를 채웠던 모든 책을 잿더미로 만든 화재 속에서 홀로 살아남았다.

키리코는 예술 작품이 이성적이지도 논리적이지도 않아야 하며, 예술가가 이성과 논리를 거부할 때 꿈이나 아이의 마음에 다가갈 수 있다고 보았다. 동시대의 또 다른 초현실주의 화가 이브 탕기는 어느 날 버스를 타고 가다가 거리에 걸린 키리코의 그림을 발견하고 곧바로 버스에서 내려 그림을 향해 달려갔다고 한다. 그리고 그는 고요한 해저에서 이상한 물질들이 증식하는 그림을 그리는 초현실주의 화가가 된다.

초현실주의 화가들이 시인에게 주는 도움 중 하나는

시적 상상력의 확장일 것이다. 나는 상식과 고정 관념을 깨뜨리는 르네 마그리트의 충격적인 그림들로부터 많은 시적 영감을 얻었다.

울부짖음

앙리 미쇼

살이 썩어들어가는 괴저의 고통은 참혹하다. 그러나 그것보다 더 고통스러웠던 것, 그것은 내가 울부짖을 수 없었던 일이다. 호텔에 있었기 때문이다. 밤이 오고 내 방은 사람들이 잠들어 있는 두 개의 방 사이에 있었다. 그래서 나는 내 두개골의 뚜껑을 열고 커다란 북들과 금관악기들, 파이프오르간보다 소리가 더 큰 악기들을 꺼내기 시작했다. 그리고 발열 때문에 생긴 어마어마한 힘으로 고막이 찢어지도록 요란하게 오케스트라를 연주했다. 모두들 그 놀라운 진동에 떨고 있었다. 그러자 나는 이 요란한 소음을 틈타 내 목소리가 들리지 않을 거라 믿으면서 울부짖기 시작했다. 몇 시간 동안 울부짖자 마침내 내 마음은 가라앉기 시작했다.

　　앙리 미쇼는 시인보다 초현실주의 화가로 더 알려져 있다. 이 작품이 충격적인 것은 호텔이라는 현실의 공간에서 비현실적인 사건들이 일어나기 때문이다. 살바도르 달리의 그림에서보다 르네 마그리트의 그림들에서 내가 더 충격을 받는 것도 같은 이유다. 초현실주의 회화와 달리 무의식을 언어로 의식화하고 형상화하는 작업은 쉽지가 않다. 이 작품은 강박 관념으로부터 태어난 듯하다. 나는 의식적으로 만들어지는 환상보다 강박에서 태어나는 환상에 더 매력을 느낀다.

물안개

거울 저녁 우리는 자욱한 안개에 실려 떠내려가는 몽유병자의 익사체를 보았다. "저, 저, 저건 몽, 몽유병자의 시체다." 말더듬이인 한 친구가 손가락으로 공중을 가리켰다. 몽유병자는 누운 채 강물에 떠내려가듯이 건물 옥상 위의 안개 더미와 함께 흘러가고 있었다. 외투를 입은 채 익사했는지 희뿌연 안개 속에 외투 자락이 늘어져 있었다. 구두도 신은 채였다. 머리는 잘 보이지 않았다.

안개는 몽유병자를 지웠다가 드러냈다 하면서 거리를 흘러가고 있었다. 자동차들은 안개등을 켠 채 장의차들처럼 느릿느릿 움직이고 있었고, 가로등들은 마치 몽유병자를 비추는 탐조등들처럼 불투명 속에서 빛을 발하고 있었다.

물살에 휘말려 떠내려가는 익사체를 건지기라도 하겠다는 듯이 우리는 공중을 떠가는 몽유병자를 놓치지 않으려고 애쓰며 쫓아갔다. "사라졌어!" 누군가 외치듯 말했다. "기다려봐. 다시 나타날 거야." 몽유병자가 안개 속으로 사라질 때마다 우리는 이 골목 저 골목으로 뿔뿔이 흩어져서 몽유병자를 찾아다니곤 했다. "이쪽이야. 이쪽! 전깃줄에 걸린 것 같아." 우리가 전봇대 밑으로 몰려갔을 때 몽유병자는 턱이 전깃줄에 걸렸는지 공중에 멈춰 있었다. 그러나 그 멈춤도 잠깐이었다. 흘러가는 안개가 물살처럼 그의 하반신을 들어 올리자 몽유병자는 마치 물구나무 선 사람처럼 머리를 풀어헤치고 두 팔을 땅으로 쭉 뻗은 채 움직이기 시작했고 이번에는 누운 자세가 아니라 엎드린 자세로 다시 안개 속으로 떠내려가고 있었다. 그렇게 몸을 한바퀴 천천히 돌리는 사이 발이 전깃줄에 걸려 헐렁한 구두가 벗겨졌는지 전봇대 밑으로 구두 한 짝이 툭 떨어졌다. 구두

    (초현실적인 환상)

는 눅눅했다. 우리는 구두를 들고 다시 몽유병자를 쫓아갔다. 엎드
린 자세로 공중에서 헤엄이라도 치는 것처럼 몽유병자는 호수 쪽을
향해 빠르게 나아가고 있었다. 우리는 잰걸음으로 걷다가 나중에는
뛰면서 그를 쫓아가야 했다. 건널목을 건너고 호숫가에 이르렀을
때 우리는 난감했다. 더 이상 몽유병자를 따라갈 수 없었던 것이다.

새앙노트

인공 호수로 둘러싸인 작은 도시의 시냇가 마을에 살면서 나는 익
사체를 자주 보았다. 내 기억의 어두운 곳에는 익사체들이 잠들어 있
다. 어린 소녀의 익사체, 얼굴을 알아보기 힘든 익사체, 그믐밤 사람들
이 배를 타고 횃불을 밝히면서 찾고 있는 호수의 익사체. 춘천은 겨울
이면 물안개가 자욱하다. 모습들이 실루엣처럼, 홀로그램처럼 나타났
다 사라지는 밤, 장의차처럼 아주 느리게 움직이던 차들의 안개등이
생각난다.

표현의 열정

발레리의 「해변의 묘지」는 24연 144행의 장시로, 20년의 자기 성찰과 긴 침묵 끝에 발표된 작품이다. 「해변의 묘지」와 함께 시집 『매혹』에 실린 또 다른 장시 「젊은 파르크」를 발레리는 4년 동안 100번 이상 고쳐 썼다고 한다. 512행의 이 장시에서 얼마나 많은 언어들이 버려지고 다시 배치되는 일이 반복되었을까.

파동巴童의 말

이하

큰 코에 베옷이 잘 어울리네요
짙은 눈썹으로 날마다 시 짓느라 고심하네요
주인님이 시를 짓지 않으면
가을의 깊은 근심을 누가 알겠어요

새앙노트

　이하는 이미 일곱 살에 당대의 대문장가들을 놀라게 하는 시를 썼다고 한다. 몸이 허약했던 그는 야윈 나귀를 타고 어린 종을 데리고 다니면서 시를 썼는데, 이 작품은 그 소년에 대한 연민과 고마운 마음을 전하고 있는 듯하다.

칸나

칸나에 대해 쓰고 싶었다. 제주도의 여름, 현무암 돌담 아래 피어 있던 칸나, 그 붉은 꽃을 본 후로 칸나에 대해 쓰고 싶었지만 쓸 수 없었다. 어쩌면 오늘도 쓰려고 애쓰다가 그만둬야 할지도 모른다.

내가 칸나인 것처럼 쓰고 싶었다. 칸나 속으로 들어가서 칸도 없고 나도 없는 칸나의 마음으로 말이다. 칸나! 칸나는 말의 저편에 있다. 아무 생각도 나지 않는다. 글이 이렇게 갑자기 벽에 부딪힐 때가 있다.

칸나에 대해 쓰고 싶었다. 제주도의 여름, 붉은 칸나를 보고 충격을 받았던 그날, 무슨 일인지 내 혓바닥은 고름들로 퉁퉁 부어올라 있는 상태였다. 이루 말할 수 없는 고통 속에서 나는 칸나를 보고 있었다. 시커먼 화산재들이 치솟고 뜨거운 용암들이 흘러내리는 한라산 밑에서 나는 꽃 붉은 칸나를 보고 있었다.

이제는 굳어버린 불의 돌, 현무암, 그 거무스름한 돌담 아래 피어 있던 칸나의 붉은 꽃, 오늘도 칸나에 대해 제대로 쓰지 못한 느낌이 든다. 다음에는 칸나에 대해 더 잘 쓸 수도 있겠지.

새앙노트

나는 글씨가 워낙 커서 칸이 있는 원고지를 쓰지 못하고, 줄이 있는 노트도 쓰지 못한다. 손에 닿는 종이의 질감을 좋아해서 스케치북에 연필로 시를 쓴다. 「칸나」는 글쓰기에 대한 글쓰기다. 내 시작 과정이 드러나 있다. 표현의 열정이 없으면 표현의 공명도 없다. 칸나가 있는 힘을 다해 꽃을 피우지 않았다면 나는 칸나에 대한 시를 쓰지 않았을 것이다.

새로운 발상

상식과 고정 관념을 갈아엎는 '쟁기의 사유'는 예술을 신선하게 하고 예술사의 한 페이지를 새롭게 펼쳐 놓기도 한다. 1917년 마르셀 뒤샹은 남성용 변기를 〈샘〉이라는 제목으로 전시회에 출품한다. 안토니 가우디가 설계한 어떤 건축물은 밀가루 반죽 덩어리처럼 물렁물렁해 보인다. 카프카의 소설 「변신」의 주인공은 어느 날 갑자기 벌레로 변신한다. 레몽 크노의 『떡갈나무와 개』는 운문으로 쓰인 소설이다. 존 케이지의 〈4분 33초〉에는 연주가 없다.

작은 상자에 관한 마지막 소식

바스코 포파

세상을 품고 있는 작은 상자가
자기 자신과 사랑에 빠졌다네
그리고 또다른
작은 상자를 임신했다네

작은 상자의 작은 상자 역시
자기 자신과 사랑에 빠졌다네
그리고 또다른
작은 상자를 임신했다네

그런 식으로 영원히 나아갔지

작은 상자 속 세상은
작은 상자의 마지막 자손에게로
이어지길 바라지

그러나 자기 자신과 사랑에 빠진
작은 상자 속의 작은 상자들 중 어느 것도
최후의 것은 아니라네

작은 상자 속 세상은 어디에 있을까

바스코 포파의 상상력은 허공으로부터 폭발한다. 아무것도 없는 곳에서 뭐든지 나올 수 있다는 것을 그는 작품으로 증명하고 있는 듯하다. 상상력이 무한을 향해 증식하는 듯한 바스코 포파의 연작시 제목을 아래에 옮겨 본다(문장 부호는 생략).

작은 상자. 작은 상자를 숭배하는 사람들. 작은 상자의 장인들. 작은 상자의 소유자들. 작은 상자를 세낸 사람들. 작은 상자의 적들. 작은 상자의 피해자들. 작은 상자의 판사들. 작은 상자의 후원자들. 작은 상자의 죄수들. 작은 상자에 관한 마지막 소식.

눈사람 자살 사건

그날 눈사람은 텅 빈 욕조에 누워 있었다. 뜨거운 물을 틀기 전에 그는 더 살아야 하는지 말아야 하는지 곰곰이 생각해 보았다. 더 살아야 할 이유가 없다는 것이 자살의 이유가 될 수는 없었으며 죽어야 할 이유가 없다는 것이 사는 이유 또한 될 수 없었다. 죽어야 할 이유도 없었고 더 살아야 할 이유도 없었다.

아무런 이유 없이 텅 빈 욕조에 혼자 누워 있을 때 뜨거운 물과 찬물 중에서 어떤 물을 틀어야 하는 것일까. 눈사람은 그 결과는 같은 것이라고 생각했다. 뜨거운 물에는 빨리 녹고 찬물에는 좀 천천히 녹겠지만 녹아 사라진다는 점에서는 다를 게 없었다.

나는 따뜻한 물에 녹고 싶다. 오랫동안 너무 춥게만 살지 않았는가. 눈사람은 온수를 틀고 자신의 몸이 점점 녹아 물이 되는 것을 지켜보다 잠이 들었다.

욕조에서는 무럭무럭 김이 피어올랐다.

새앙노트

나는 그동안 눈사람을 소재로 여러 편의 시를 썼다. 「눈사람 자살 사건」은 그중 하나다. 겨울이면 눈이 풍성했던 고장이 내 고향이다. 첫 시집 『대설주의보』는 내가 눈을 많이 수확하고, 눈사람을 많이 낳을 거라는 예보였을까.

　　　　　　(새로운 발상)

물렁물렁한 책

아직 태어나지 않은 책은 물렁하다. 뭐라고 말할 수 없는 반죽덩어리, 그 물렁물렁한 책을 베개 삼아 나는 또 시상詩想에 잠긴다.

새앙노트

물렁물렁하다는 것은 단단하지 않다는 것, 단단하지 않다는 것은 굳지 않았다는 것. 밀가루 반죽에서 만두, 국수, 수제비가 나올 수 있는 것은 밀가루 반죽 덩어리가 물렁물렁하기 때문이다. 물렁물렁해야 온갖 모양이 나온다. 물에서 이슬, 우박, 뭉게구름, 눈사람의 모양이 나오는 것처럼 말이다. 물렁물렁하다는 것은 부드럽고 여리다는 것, 물을 손으로 주물럭거려 보라. 얼마나 부드러운지. 물보다 더 보드라운 것, 얼마나 보드라운지 달빛처럼 만져지지 않는 것, 그것이 허공이다. 허공 한 송이, 허공 한 그루, 허공 한 그릇, 나는 허공 한 편을 만들어 보려고 이렇게 시를 짓고 있는 것일까. 누군가는 밥을 짓고 있는 새벽에.